静かに生きて考える

Thinking in Calm Life

MORI Hiroshi

森 博嗣

KKベストセラーズ

静かに生きて考える

Thinking in Calm Life

MORI Hiroshi

森博嗣

目次

第1回　やかましい世の中でも静かに生きたい

静かな日常の具体例

僕の家は静かな森の中にある。見渡すかぎりの森林とそのむこうの草原とさらに遠くの小高い丘に囲まれている。庭はすっぽり森林の中で、どこまでが自分の土地なのかはっきりとはわからない。そのうち平坦なところに小さめの線路を自分で敷き、自作の機関車に牽引（けんいん）させて列車を走らせている。だいたい六分の一スケールの模型だが、自分が乗って運転するサイズ。ほぼ毎日運行している。庭をぐるりと一周すると五百メートル以上あって十数分かかる。

樹は高さが四十メートル近くあり、高いところで鳥たちが鳴いている。今は空が見えるけれど、夏になると葉が生い茂り、ほとんど日は地面に届かない。夏でも二十℃くらい。もちろんクーラはない。近所に人はいないしクルマも通らないから、鳥の声以外にはなにも聞こえない。うちの犬たちは、この庭を自由に走り回っている。鳥以外の野生動物では、狐とリスを見かける。

僕は、この自分の敷地から滅多に外に出ない。例外は、車を運転してドライブに出かけることくらい。草原を走る道路では、ほかのクルマにほとんど出会わない。もう十年近く、電車やバスには乗っていないし、人混みに近づく機会もない。ショッピングセンタや映画館や劇場とかへも行かない。仕事でも人に会わない。編集者とはすべてメールでやり取りをしている。電話はまったく使わない。ＳＮＳは一切しない。

一人でも充分楽しく生きられる。しいていえば、犬がいる。犬とは毎日遊んでいる。一緒に寝ている。一人で工作をして、本を読んで、ネットで映画を見て、音楽を聴いている。毎日が楽しくてしかたがない。やりたいことが多すぎて、時間がいくらあっても足りない。

いつの間にかやかましい世の中になった

ネットでニュースを見ていると「声を上げなければならない」と結ばれている記事が多い。問題がある対象に抗議の声を集めよう、という意味だ。民主主義だから、大勢の意見が一致しなければ行動を改められない、ということだろう。戦争を止める、平和を実現するには必要かもしれない。

けれど、その戦争も、大勢の声を集めて始まるものだ。また、そもそも自分だけでは満足できない人たちが、周囲の人々を巻き込んで自分の夢を実現しようとする。そんなふうに集められた「欲望」から、多くの争いは始まる。他人に働きかけるためには、声を大きくしなければならない。叫び訴える。だから、やかましくなる。

僕はもう十年近く都会へ行っていないが、都会という場所はとにかくやかましい。雑踏のノイズが絶え間なく続いている。おまけにいろいろな匂いが強烈だし、どこを見ても広告や看板があって、深夜もそれらが光っている。音と匂いと光が襲いかかってくる場所、それが都会だ。しかもそれらは、他人に働きかけようとしている。関係がないのに、無視したいのに、とにかく静かにしてはもらえない。

インターネットが普及し始めた頃、そこには本当に貴重な情報が集まった。人間の知性に接することができる静かな場所だった。三十年くらいまえのことだ。僕はネットに夢中になった。多くの未知を知ることができ、多方面からそっと知見を眺めることができた。大勢が参加しているのに、現実の都会のようにうるさくはない。何故なら、ネットの情報はこちらから取りにいくものだったからだ。どのサイトも黙って、興味のある人を待っている存在だった。

今のネットはどうだろうか？　静かに待っているようなサイトは絶滅しつつある。どれも、他人の目や耳をめがけて飛び込んでくる。とにかくうるさい。やかましい。それだけではない。相対的に知性は見えなくなり、嘘ばかりがまかり通るようになった。僕がSNSをしない理由は、静かな生活を望んでいるからだ。

人間は社会の中で生きる動物である。本能的に群れを作りたがる。かつては、外敵から身を守るためだった。しかし、現代では事情が異なる。個人の人権が認められ、誰もが自由に生きる権利を獲得した。否、獲得しつつある。まだ完全ではないけれど、お互いに無理強いをせず、尊重し合って生きれば、誰もが好きなことができる。もう群れを作る必要はない。大声を上げて、人を集める必要はなくなった。

矛盾を抱えて生きる

他人に働きかけるようなことをしたくない。なにも訴えたくない。それなのに、僕はこうして文章を書く仕事をしている。大勢の人に言葉を送り届けている。僕の信念と行動には矛盾がある。それは、やりたくないことでも多少は社会に奉仕し、その見返りとして社会の庇護を受ける、というシステムが存在するためだ。社会への奉仕とは、すなわち「仕事」のことである。

かつて、ここで『道なき未知』というウェブ連載をした。滅多に連載の仕事を受けない方針なのだが、そのときお世話になったこともあって、今回この執筆依頼を引き受けた。

この十年ほどは、自分からなにかを「書きたい」と思ったことはない。すべて、依頼されて書いている。僕には「訴えたい」という気持ちがない。これを最初に断っておきたい。いろいろ思うところを脈絡なく書くつもりだけれど、けっして「こうしなさい」という説教ではない。同調してほしいわけでもない。身も蓋もないことを書くから、反感を買う場合もあるはずだ。

ただ、こんなふうに考える人間が一人いる、というだけの話である。

矛盾だらけの人生を誰もが生きているはずで、「私はこの方針で生きている」などと簡単にいえる人は滅多にいない、と思う。誰もがきっと悩んでいるし、不安を抱いているし、後悔もしているだろう。希望や期待ばかりで生きられるものではない。

なにかもやもやするときに、深呼吸をして、身近にある自然に目を向けてほしい。植物でも動物でも良い。風景でも星空でも良い。あなたは、静かに生きることができるはず。すべての人間は自然に生まれ、自然に死んでいく。生きている間だけ、ちょっとやかましいけれど、無理に騒ぐようなことでもない。怒ったり、嘆いたり、笑ったりするよりも、黙って周囲を眺めている方が、ずっと人間らしい。

三年まえ、庭の片隅に一人で建てた展望小屋。高さは約四メートル。雪は滅多に降らないが、一度降れば低温のため一カ月は残る。

第2回

一人で楽しんでいることいろいろ

ドライブが好き

工作は子供の頃からの趣味。ずっと続けていて、常に十以上のプロジェクトを抱えている。無類の飽(あ)き性のため一つのことに集中できないから、このようなスタイルになった。工作以外では、庭で土木作業をすることと、近くの野原で模型飛行機やヘリコプタを飛ばすことと、あとはドライブが好きだ。

二年まえにクラシックカーを購入したので、週に二、三回は出かけている。だいたい三十分で二十キロくらい走ってくる。犬を助手席に一匹だけ乗せていくことが多い。走るコースは決まっていて、ほとんど同じ。同じ道を走るから、クルマの調子がわかる。毎回ボンネットを開けて点検し、ときどき修理をしている。これがまた楽しい。

あと十年もしたら運転が怪しくなるだろうから、今のうちに楽しもうと考えている。その頃には自動運転になっているかもしれないけれど、そういう新しいクルマには興味がない。古いクルマはオートマではないし、クーラもないし、ナビもパワステもない。窓も手動で開け閉めする。とてもシンプルなので、素人でも修理ができる。これは、自作の機関車で庭園内をぐるりと巡ってくるのと同じジャンルだ。少なくとも僕にとっては同じ趣味。

十八歳で免許を取って以来、コンスタントにドライブを楽しんできた。出勤はいつもクルマだったし、休日もクルマで出かけた。新婚旅行も長距離ドライブだったし、作家になって編集者と四国や九州の遊園地へ行ったときもクルマだった。作家デビューして思わぬ印税収入があったのでポルシェを新車で買った。最後の空冷エンジンだった。ミニやチンクエチェントにも乗った。大学の講座の学生たちと一緒にキットカーを組み立てたこともある。

何が良いのかというと、クルマで走っているときはエンジンの音しか聞こえない、いわば静寂な環境、これだと思う。だから、車内で音楽を聴いたりはしない。なにかを考えることもなく、周囲の風景を見ているわけでもない。ただ運転をする、というシンプルな体験が面白い。

読書は趣味というよりは日常

「森博嗣は本を読まない」と噂されることがあるが、これは誤解だ。「小説は読まない」

と何度か書いたから、「本＝小説」と認識している皆さんに、そう受け取られたらしい。僕は、小説以外の本を年間で二百冊以上読む。このほかに雑誌を六十冊以上購読している。毎日数時間は読書に費やしていて、その時間は年々増加傾向にある。歳を取ったので、躰（からだ）に負担のない時間の過ごし方として読書が最適だからだ。ただ、目が疲れる。無制限に本を読めない理由は目の耐久性にある。睡眠を充分に取る以外にないだろう。僕は薬とかサプリメントというものを一切飲まない人間なので自然治癒に頼っている。

　漫画はだんだん読まないようになった。アニメもほとんど見ない。映画やドラマは、日本以外のものしか見ていない。これらはストーリィがある物語だが、文章で読むものはストーリィではなく、個人の意見や研究結果のようなものばかり。旅行記とか、伝記のようなものもあまり読まない。技術史や文化史、あるいは社会、経済、政治に関するものを読む。生物、地学、物理、数学もぶつかったものを手当たり次第に読む。そういう経験から、今人類はどんな状況にあるのか、という知識を得ている。ただし、それが書くものに直接反映するようなことはまずない。僕が書く文章に引用がないのはこのためだ。

　ほぼ電子書籍で読んでいる。読みたいものを好きなときに買って、すぐ読めるのが良い。面白くても、面白くなくても、必ず全部読む。面白くないものも、何が面白くないかを考える材料になる。最近では人と会って議論をする機会が減ったけれど、他人が書いた文章を読むことで、大勢の頭脳に触れられる。

ゲームはしなくなった

コンピュータ・ゲームに夢中になった時期がある。八〇年代後半から九〇年代だったか。自分でもゲームを作ろうとした。幾つかは完成して周囲の友人たちに配った。その後、小説家になってからは、ゲームから遠ざかった。時間がなくなったためだが、入れ替わるように、世間でゲームが普及していったように思う。

僕の奥様（若い頃に苦労をかけたので、あえて敬称）の父上は、会社を定年退職したのちゲームを趣味にされている。それ以外には目立った活動をしていないようにお見受けする。コンピュータは老後にはもってこいだ、と何度か書いたけれど、ゲームもこれに含まれる。運動不足になるという欠点はあるものの、過度に体力を消耗することもなく、膝（ひざ）や腰が痛くても楽しめるし、なによりも手軽で経済的だ。頭の運動になるので、その点でも良い効果が見込める。義父は九十代だが、今もお元気そうだ。会社員だった時間より、ゲームをしている時間の方が長くなるかもしれない。

ギャンブルもゲームだろう。スポーツもゲームの一種だと認識している、僕はギャンブルもスポーツもしない。二十代くらいまでで卒業した。夜に飲みにいくのもゲームかもしれない。これは三十代で卒業した。友人とラインをやり取りしたり、ツイッタに没頭するのもゲームだと思う。これには入学しなかった。世の中は、だんだんゲームの世界へシフトし、ヴァーチャルに近づいている。悪いことではない。

世界中で勃発（ぼっぱつ）している争いも、すべてヴァーチャルの中で戦い合えば良いのに、と思うことがある。まだまだ、人間は現実の物体（土地や人も含む）に取り憑（と）かれているのだ。

そういう自分も、庭で土を掘って、線路の工事をする。手は汚れ、躰は疲れる。楽しみをヴァーチャルで再現できたとしても、疲労などのマイナス面は現実で生じるだろう。そのマイナス面を「やり甲斐（がい）」とか「生き甲斐」と総称する。これらの言葉をプラスの意味に受け取っている人が多いようだけれど、希望的観測であり、悪くはない。

仕事をきかれたら「無職です」と答える

四十七歳までは国家公務員だった。その後も作家業は続けているけれど、最近では、尋（たず）ねられたり、書類に記入するとき、「無職」と答えている。なにしろ、ほとんどなにもしていないのだから正直なところである。

「働く」といえるのは、奥様からの依頼で掃除とか、なにかの修理とか、屋根の上でブロアをかけたり、ペンキを塗ったり、ホースをつないだりくらい。終わったときには「あぁ、仕事をしたなあ」という達成感が味わえる。特製ジュースくらいが報酬だ。

犬の散歩で毎朝ここを歩く。夏は草原、冬は雪原。見えている遠くの山々は低く、こちらの方が高いくらい。

犬のシャンプーや落葉掃除、あるいは除雪なども僕の役目と決まっている。これら定例の「仕事」は、前述した「遊び」の合間に行う。さらに、その遊びと仕事の僅かな合間で、こんなとりとめもない文章を書いている。

第3回　もう充分に生きただろう

今はロスタイムだと認識している

　子供の頃から躰が弱く、病院に通う日が多かった。すぐに具合が悪くなり、お腹が痛い、頭が痛い、気持ちが悪い、といった症状に悩まされた。僕には兄がいたのだが、僕が生まれるまえに亡くなっている。だから、両親は心配して、なにかあるとすぐに僕を医者へ連れていった。そんなふうだったから、自分は長くは生きられないと感じていた。

　父も躰の弱い人で、入院が多かった。心臓の発作で倒れ、僕が薬を口に入れたこともあった。父からは、自分は長生きしないから、早くひとり立ちしなさい、といわれて育った。大人になったら、自分の力で生きていくしかない。どうやって生活しようか、と考える子供だった。

　しかし、そんな父は、八十四歳まで生きた。七十二歳で亡くなった母の方が早かった。

僕自身は、自分の人生は六十年だろうと想像していたから、四十七歳で退職したし、小説の仕事も早めに切り上げ、五十五歳くらいでほぼ引退の身となることができた。

今年の十二月で六十五歳になる。既にロスタイムに突入していて、「余命」といっても良い。五年まえだったか、ドライブ中に気分が悪くなり、救急車で運ばれた。いよいよ死ぬときが来たな、と思ったのだけれど、MRIなどの検査をしたところ、どこも悪くない。脳外科の先生たちが集中治療室でモニタを見ながら首を傾げていた。スタッフも数人集まっていたのに緊急手術は中止。一週間後には体調が戻り、退院となった。

そのとき、ここで『道なき未知』の連載中で、病室から編集者に「少し待って下さい」とメールを送ったのを覚えている。隔週連載は遅れることなく順調に続いた。

この件については、三年後に違う医師に診てもらい、良性発作性頭位目眩症ではないか、といわれた。目眩はしょっちゅうなのでなんともいえないが、そうだったら良いなとは思っている。

欲しいものはもうほとんどない

前回、どんな趣味で毎日遊んでいるかをざっくり書いたけれど、欲しいものは躊躇なく手に入れているので、若いときから憧れだったアイテムは、もう自分のものになってしまった。すると、欲しいものが新たに出現しないかぎり買うことができないから、今はお金を減らすことに不自由している。無理に減らすこともないし、買ったままで、あまりいじっていない温存品も数多く、悩む暇もないといえば、そのとおりである。

かつては、世界中の模型屋を訪ね、欲しいものを探していたのに、今はたちまちコンタクトが取れるし、むこうから「こんな品が入りましたけれど、いかがですか?」と連絡をいただくようになり、若い頃のドキドキ感がやや減衰している寂しさはある。でも、寂しいことが好きなので、嫌だとは思っていない。僕は、暗いところ、寂しいところが大好きで、自宅も照明を控えめにしている。書斎でさえ、手元のスタンドを点灯させないと夜は本が読めない。話がずれてしまった。

ガラクタに囲まれて暮らしている

「おもちゃ箱をひっくり返したような」という表現があるが、僕の家が、そのおもちゃ箱そのもので、中身は散らかり放題だ。地震が来てもほぼ同じ状況だと断言できる。僕のおもちゃは、段ボール箱に詰めて引越しをすると、およそ七百箱くらいになる。実際に引っ越したときに数えた。箱に入れられない大きなものは除外して、の数字である。

多くのものは、ガラクタ、あるいはジャンクだ。壊れているものが大半。機能を維持しているものもあるにはあるが、埃(ほこり)まみれ、油まみれになっている。ガレージが幾つもあって、設計時には五台のクルマが入るはずだったが、現在、クルマはすべて屋外に駐車されている。つまり、ガラクタが場所を占領してしまったのだ。

どうしてこんな事態に陥ったのか、という分析はしていない。自分の性格からして、容易に予測できたことであり、もし家の中に収まらなくなったら引っ越そう、という対策しか考えていなかった。物を捨てることはしないし、また売ったりしたことも一度もない。人にあげたこともない。これ以上に欲しいものがないから、お金も減らなくなった。物もお金もこのまま微増し続けるのか、と諦めている。

楽しいことは楽しい。ガラクタの中でなにかを探していると、忘れていたものが出てきたりして、本当に得した気分になれる。また、将来を見越して買っておいたまま忘れていた新品も出てきて、過去の自分に感謝の黙禱を捧げたくなる。

模型店かおもちゃ屋が開業できるほど品数がある。こんな森の中でお店を開いても誰も来ないだろうけれど。

犬が家族

一人で一日中遊んでいるから、家族となにかを一緒にするということがない。家族もそれぞれ一人で遊んでいる。犬も家族のメンバだが、人に遊んでほしがるので、しかたなく

第3回
もう充分に生きただろう

奥様からぷぅと呼ばれている僕の犬。庭園内では自由だが、人から離れることはない。四月になっても、まだ雪景色。

つき合ってやるしかない。僕が世話をしている犬を、僕の奥様（あえて敬称）は「ぷう」と呼んでいる。しかし、そんな名前ではない。奥様と意思の疎通が取れていない証拠だ。

こんなに自由で、ひっそり静かに生きられるようになったのは、何のおかげだろうか？それは、結局、周囲のあらゆる「柵」を断ち切ることができたからだろう。本当にそれだけのこと。同時に、「絆」もない。柵も絆も、せいぜい犬の世話をするくらいしか今はない。

他者のことを気にしない、というだけで、孤独になれる。孤独になりたい、とまず望むことで、この静かな自由が楽しめる。念のために断っておくけれど、けっしておすすめしているのではない。どうぞご自由に……。

第4回　のどかさにかまけて

忙しさの本質について

　庭園内には千輪以上のチューリップが咲く予定らしい（誰かが球根を大量に植えた）。だが、現在のところ、まだ一割くらいしか花がなく、しかも高さ十センチ程度と非常に小さい。広葉樹の葉はまだ出ていない。雪がなくなっただけ。地面には一面の苔（こけ）が広がっている。秋に落葉掃除を行うものの、雪に埋もれて中断するので、春になると、まずは掃除の続きを始める。それがだいたい終わった。次は、庭園鉄道の線路の補修工事だ（冬は土が凍るためできない）。

　というわけでとても忙しい。庭仕事をするときは犬が一緒だが、誰も手伝ってはくれない。僕だけが忙しいのであって、犬たちはのんびりとしたものだ。

　この「忙しい」というのは、どういう状態のことだろうか？　誰もが知っている言葉だけれど、具体的にどういった定義なのか。英語では、「忙しさ」と「仕事」は同じ単語である。でも、僕の忙しさは、少なくとも仕事（職業）ではない。誰かから「やりなさい」といわれたわけでもないし、また、やった見返りに賃金がいただけるわけでもない。やらなくても良いし、やらなくても誰も困らない。それなのに、何故こんなに忙しくなるのか？

なにものかに追われている状況で、余裕がなくなるような心境を「忙しい」と表現するのだと思う。たぶん、この定義でだいたいの「忙しさ」が説明できる。では、何が追ってくるのか。それは、多くの場合は、他者であり、または時間であり、あるときは自分でもある。普通の仕事は、誰かに命じられたり、期限が設定されたりする。その約束を破ると、なんらかのペナルティがあるから、必然的にそれに縛られることになる。これが「忙しさ」の本質だ。例外的に、他者ではなく自分自身が決めた条件で行動することもあるだろう。なかなか高尚な状況といえる。あるいは、僕の庭仕事のように、季節や天候に追われる場合もある（これは、時間に追われているのと同じだ）。

仕事って、本当に忙しいのか？

仕事が忙しいのは当たり前だ、と皆さんは考えているはず。だが、客観的に観察すると実はそうでもない。会議室にぼうっと座っているだけの時間、客を待っている時間、移動しているだけの時間、デスクに座って時計を眺めているだけの時間など、とりたてて積極的な活動をしていない時間がかなりある。いうなれば、自分とそっくりのロボットがそこに置かれているだけで用が足りる時間、といっても良い。このような時間も、「忙しさ」に含まれているのが、大人の仕事である。頭の中では、ぼんやりと「ほかごと」を考えることができるし、内緒で音楽やゲームや読書などを楽しむことができる場合もあるだろう。

一方、自分の趣味（多くの場合、「遊び」と表現される）であっても、息をつく暇もないほど慌ただしい時間がある。僕の庭仕事はこれだ。ほかにもたとえば、工作をしていて、接着剤が乾かないうちに部品を取り付けたい場合などは、とても忙しい。仕事以外でも、時間に追われることは頻繁である。

僕の場合、もう仕事は忙しくない。忙しいのはすべて趣味、つまり遊び中の時間である。日本では、趣味とか遊びは、仕事の反対であり、これを「暇」と表現した。仕事の合間といえる。解雇することを「暇をやる」ともいう。ところが、僕の場合は、趣味や遊びの合間に仕事をしているから、仕事がすなわち暇であり、趣味や遊びが忙しさだ。いつの間にか、反転しているのだ。

この反転は、これからの社会では普通になると思われる。もう既に、昔に比べて人々はずいぶん暇になっていて、暇の方が忙しくなりつつある。仕事よりも暇を重視して生きている人が増えた。そういう世の中になっているし、ますますそちらへシフトしていくだろう。

その過渡期にあるわけだから、「忙しいなあ」と無意識に口にしていても、実際には、そんなに忙しくない状況が必ずある。これまでの感覚から、つい仕事が忙しくて、自由な時間が取れない、と思い込みがちだけれど、少し視点を引いて観察してみると、暇な時間の方がずっと多かったりしないだろうか?

自由というのは、本質的に忙しいものだ

現代は、むしろ遊びの方が忙しい時代ではないだろうか。常に友達との連絡に追われている人が多いし、周囲と話を合わせるために経験しなければならない事項が目白押しだ。他者にレポートできるような場所へ出かけていかなければならないし、食事をするまえにも写真を撮らなければならない。本当に、情けないほど忙しい。

多くの人たちは、このような「忙しさ」を、自発的なものだと認識している。自分が好きだからやっていることだ、と思い込んでいるだろう。そう思い込めるうちは、まあ幸せかもしれない。これ以上の分析は野暮というもの。

さて、僕の話。僕は、自分のしたいことを計画的に進める生き方をしているので、結果として、なにもかもが自分の思うとおりになる。自然現象(自分の体調も含む)など、も

第4回
のどかさにかまけて

ようやく雪が消えた五月。庭園鉄道で針葉樹の森の中を走る。土木工事ができる気温になったので、この季節は保線工事を行う。

ちろん予想できない不可抗力は生じるけれど、それらを見越して、無理のない計画を立てる。簡単にいえば、「余裕のある計画」である。

そのゆるゆるの計画に沿って、地道にこつこつと活動すると、じわじわと理想へ近づくことができ、この状況を「自由」と定義している。還元すると、「思ったとおりになる」という状況。

ただし、これはゴールではない。思ったとおりに進んでいる途上の状況のことである。ゴールというのは、そんなに簡単に到達できるものではないし、到達するまえに死を迎える可能性も当然ある。それでも、そんなゴールへ近づきつつある一歩一歩が、自由な人生だ、と僕は考えているので、べつにいつ死んでもかまわない。明日死んでも幸せには変わりない。

自分が計画したことを、日々、細々と実行していくプロセスは、それなりに「忙しい」ものである。時間があれば、体調が良ければ、あれもやろう、これも片づけたい、と思い浮かべることが非常に多い。ときには、忘れないように、やりたいことをリストに書いておき、手をつけたものから一つずつ消していくようなこともしている。だが、この「忙しさ」こそが、自由であり、幸せであり、楽しみである。

そんな「忙しさ」は御免(ごめん)だ、という人もいるかと思う。のんびり寝転がって、なにもしない時間を過ごしたい、それが自由だ、と考えている人もいるはず。そういう人は、その自由を獲得するために、今何をすれば良いのかを考え、すぐに実行しよう。もちろん、それも自由である。人それぞれに違う自由がある、ということはまちがいない。

第5回

五月が一番夏らしい季節

常夏の国というのは何が良い?

当地では、ようやく樹の葉が出始めたところ。まだとても小さい葉だ。これが広がると、庭園内全域がほぼ木陰になるため、気温が上がらなくなる。一年で一番暑いのは五月。葉が全部落ちる十一月も暖かい。六月から十月の五カ月がいちおう夏といえ、過ごしやすい季節であることは確か。でも冬だって、床暖房で室温はずっと二十℃一定なので、家の中にいるかぎりは快適だ。梅雨はないし、台風も来ない。それから地震もない。雨が降っていて犬の散歩に困る日は、一年で三日くらい(雨はほとんど夜に降る)。雪が降るのは二日程度だが、低温のため積もった雪は解けない。水捌(は)けが良く、水溜りとか泥濘(ぬかるみ)を見かけたことがない。犬の足をシャワで洗わなくても良いのはそのため。

ハワイのことを「常夏の国」といったりした(今もそうだろうか?)。つまり、年中夏で楽園だ、という意味だ。しかし、日本人にとって、夏はそんなに素晴らしい季節ではないはず。暑いだけではない。熱中症の危険もあるし、またエネルギィ消費量も増加する。電力事情がぎりぎりというジリ貧の国なのだ。

クーラは空気を冷やすのではない。熱交換をするだけである。室内を冷やせば、屋外はその分（それ以上に）暑くなる。人間を快適にするのが目的のはずなのに、部屋中の空気を冷やす。部屋が大きくなるほど無駄が多い。おまけに、人が出かけていく巨大なスペースもすべて冷やしておかないといけない。みんなが、家の中に籠もってゲームをしていれば、どれだけ省エネになるかしれない。そもそも人が移動しなければ、もっと省エネだ。

せっかくネットでなんでも買えるようになり、なんでも見たり知ったりできるようになったのに、どうして出かけていく必要があるのだろう？

出かけることが趣味の人が多すぎるように見受けられる。そんなに自分の家が気に食わないのだろうか、と首を傾げたくもなる。でも、人の趣味に文句をいうつもりはない。無駄なことをするのが贅沢というものだ。趣味は贅沢で良い。大勢をその気にさせて稼いでいる産業があるのだから、経済も回る（これは皮肉）。

ロシアの戦車部隊の渋滞を見て、「馬鹿じゃないのか」と驚いたけれど、日本のＧＷの高速道路の渋滞だって馬鹿にならなくはない（言い回しがやや難しいから、馬鹿にはわからない？）。

生きていることが無駄である

無駄だ、贅沢だ、というのなら、生きていること自体が無駄で贅沢な状況といえるだろう。人間は何故生きているのか、と問われれば、僕は「生きるのが趣味です」と答えるのが適切だと考えている。趣味は無駄で贅沢なものなのだから、辻褄が合っている。

それを、なにか社会にとって有意義な目的にしよう、と無理にいろいろ理屈を捻り出すから、難しい問題になってしまう。それら多くの理屈は、結局は言葉を飾っているだけ、つまり綺麗事である。社会に貢献する、人のためになる、平和を訴える、後世のために尽力する、といった方向へこじつける理屈だ。悪くはない。非難しているわけではない。ただ、「それだけじゃないでしょう?」という気持ちを抱いてしまう。正直者なので、つい素直に考えるだけのこと。

たとえば、「お客様に喜んでいただきたい」という目的を語る商売が数多いけれど、九割以上は金儲けが目的であり、残り一割程度が、客の反応を見たい、というほのぼのとした動機になるだろう。それが素直な観察結果である。悪くはない。非難しているのでもない。商売とは元来そういうものである。ただ、正直な気持ちの九割を表に出せず、氷山の一角が語られているだけだろう。

生きることも、これと同じで、九割は自分一人が楽しければそれで良い、という気持ち。生きていれば、そこそこ嬉しいこと、楽しいことがある。この九割は、いわば無駄であり、贅沢ではないだろうか。ただ、無駄で贅沢だから、何故か後ろめたさを感じてしまい、それを隠して綺麗な言葉を語ろうとする。なかには、語らなければならない、と思い込んでいる人がいる。また、それが本当の使命だと勘違いしている人もいるだろう。悪くはない。むしろ立派だと思う（皮肉ではない）。だけど、僕のように素直な人間には、ただ「普通」に見えるだけだ。

「普通」という言葉を、皆さんはどう感じるだろうか？　普通は良いことだろうか、それとも悪いことだろうか。人それぞれだとは思う。多くの親は、子供が普通に育つことを願っている。社会も普通の人材を求めているように見える。したがって、普通の人が大量生産されている現実がある。「普通」がわからない人は、「人並み」に置換しても良いだろう。「人並み」とは他者の目を気にした結果だ。他者を気にする人は、人並みになる（皮肉ではない）。

誰とも戦わない贅沢

無駄で贅沢なものといえば、その筆頭は「戦い」ではないか、と思う。気合を入れて、人を鼓舞するとき、「えい、えい、おう！」と叫び、「戦おう！」と拳を振り上げる。非難するつもりはないけれど、客観的に見てエネルギィが無駄に消費されているな、とは感じる。もったいないし、贅沢だなあ、と思うくらいは許してもらいたい。

世の中には、「殺合い」といえる「戦い」もある。本当に無駄だし、誰もが馬鹿げていると感じるはずなのに、何故か消えることがない。その理由は、戦いたい人たちが沢山いるからだ。これについては、僕は半ば諦めている。諦めるしかない、という結論に至って久しい。

何故なら、平和を訴えるデモ行進だって、やっぱり拳を振り上げているのだ。選挙活動でも、みんなで「戦い抜こう！」と叫んでいるではないか。これが不思議だと思わない人たちが多数派なのが、僕には不思議だけれど、これが諦めた理由だ。

おそらく、「戦おう！」という叫びの根源には、他者を巻き込もうとする気持ちがあって、「みんなで一緒にしたい」という、いわば「共感」や「絆」への欲望が窺える。そして、それらは「ひとりぼっちは嫌だ」「孤独は最悪だ」という思いに根ざしているようだ。

孤独は最悪って、本当にそうだろうか？

そよ風が気持ちが良い季節になった。この静けさは、ひとりぼっちのときほど爽やかに感じられるものだと思う。孤独とは、静かでのんびりとして、ゆるぎのない幸せを感じさせてくれる時間のことではないだろうか。

ハンモックと庭園鉄道。
大半は広葉樹の森で、葉が出るのは六月だから、今はまだ日差しが眩(まぶ)しい。
小さな葉が広がって、再来週くらいには生い茂る風景となるだろう。

誰とも戦わない。不戦の契り（ちぎ）も一人だけなら必要ない（最近、『進撃の巨人』を全巻読んだ）。それもまた、最高に無駄で贅沢だといわれそうだけれど、一人でいるなら、誰でも比較的容易に実現できる。一人なら、周囲から非難される機会もない。自分を無駄だとは思わないように動物はできているから、大丈夫。死ぬまでは、安心して生きられる。

第6回 思いどおりになる楽しさ

毎日、楽しいことばかりで大変

あまり、楽しい楽しいといわないようにしているのだが、我慢をしていても漏れ出てしまうかもしれない。前回は、ちょっとウェットな雰囲気だったので、もう少し現実に寄り戻してみよう。今日は、一人で六時間ほどのロングドライブに出かけた。奥様（あえて敬称）も犬も乗せていない。奥様も犬も長時間つき合わせるのは酷（こく）というもの。一人の方が気楽だし、もちろん楽しめる。以前から計画し、根回しもしてあるので、気持ち良く出発できた。

ドライブである。しかも、かなり古いクルマなので、いつ故障して動かなくなるかわからない。動かないくらいならまだ良い。走行中の不具合で事故になって、怪我をしたり死んでしまう可能性もあるだろう。そうなった場合の対処も考えておいての出発である。

それにしても、気持ちの良い季節だ。山や野は新緑で輝き、空は青く澄み渡っている。

花々でカラフルになった一帯も綺麗。だが、それよりも、軽快なエンジン音が一番嬉しかった。部品を交換したり、調整をした結果である。手を入れて、修理をして、機械が自分の思いどおりに機能することが、人に喜びを感じさせるのは、やはり、「自分の思いどおり」という「自由」の定義と一致している。満たされた気持ちになるのは、自由を感じるときだ。

模型飛行機を飛ばすときも、これと似ている。ほんの少し、形を修正するだけで、飛ばしてみると覿面(てきめん)に効果が表れる。自分が予測したとおりになった、という満足を味わえる。この繰返しが面白くてやめられない。

予測が当たる楽しさ

たとえば、飛行機や自動車のボディの色や模様を変えても、性能に影響はない。そういったものは「デザイン」ではない。機能を改善する試みこそがデザインなのだ。これは、人生デザイン(つまり人生設計)でも同様。色や模様を変えるようなファッションではない。

幼い子供が、「いないいないばあ」で笑うのは、もうすぐまた顔が現れることを知っていて、自分が思ったとおりになったからだ。僕の犬も、僕の行動を逐一観察していて、先回りをしようとする。予測どおりになると唸って喜ぶ。「思ったとおりだ！」という感動こそ、動物の喜びの根源といえるだろう。

未来というのは、予測が不可能なものだが、それでも、自分一人でなにかを作るときに限れば、自力によって予測したものが実現する。不可能への挑戦に類似した成功体験こそが「楽しい」という感情につながるのだろう、きっと。

逆にいえば、多数の人間に関わる社会のシステムは、自分一人の力ではなんともならない。こうした方が良い、この方向へ努力すればきっと成功する、といくら考えても、大勢の賛同が得られ、多数が協力し合わなければ、思いどおりにはならない。

多くの人は、自分の思ったとおりにはならない、という不満を抱えているはず。苛ついている人もいるだろう。こうなってほしいと願っても、そうはならないのが普通だ。世の中、辛いことばかりだと嘆いている。ネットは、そんな呟きでいっぱいである。

もっと良い暮らしがしたい。もっと好きなことに時間を使いたい。愛に満ちた他者に自分の傍らにいてほしい。だが、思いどおりにはならない。したがって、自由が感じられない。不自由になる。不満ばかりが募る。

でも、それらの根本的な原因は、自分以外の人に期待している点にある。自分だけではできないこと、すなわち、自分一人では不可能なことなのだ。まず、これを理解するべきだろう。そして、他者に期待しすぎない、というちょっとした認識と注意で、この不満から逃れることができる。

小さな喜びを感じるためには？

自分の楽しさを他者に求めることは、若いときほど多い。それは、社会にその機会が多数存在しているからであり、多くはなんらかの商売に取り込まれた結果でもある。人の幸せは、仲間でわいわい騒ぐ時間に存在する、と勘違いさせる圧力がある。その機会で儲けるビジネスが圧力をかけているからだ。変だなと気づく人は、しだいに喧騒から遠ざかり、自分の楽しみに出会うことができるけれど、気づかないまま歳を重ねると、孤独な老後が待っている。その孤独こそ、自身の思い込みが作ったものだ。

実は、歳を取るほど、ささやかな幸せを見つけることができるようになる。近所を歩いて、少し汗を流すだけで嬉しくなる、といった類の幸せである。ほんの小さな普通のことが、喜びを与えてくれる。若い人には信じられないだろう。これは、若いときほど大きな期待を持っているからにほかならない。その期待が自分に対するものでも、他者に対するものでも、思いどおりにならないから不満を抱き、あるときは絶望する。どうして自分はこんなに不幸なのか、と悩む。どうしてかって？　自身の期待から発しているのに、まるで不幸な環境に包まれているようにイメージされているようだ。

第6回
思いどおりになる楽しさ

樹の葉が広がり始め、庭園内は暗くなりつつある。いずれほぼ全域が木陰になり、空は見えなくなる。当地の夏は、雨は夜にしか降らない。

無邪気ではないから美しい？

さて、先日、腕の良い整備士が、僕のクラシックカーの小さな故障を発見してくれた。パイプジョイント部のゴムが劣化して、空気が漏れていたのだが、この影響で、エンジンの回転落ちが遅くなっていた。安価な部品を交換したところ、見違えるようなフィーリングになった。以前も、べつにエンストしたり、パワーが出ないというわけではなかった。古いからこんなものだろう、と思っていた。しかし、部品交換後の変化は顕著で、とても嬉しくなった。ドライブがいっそう楽しくなる。エンジンの噴き上がりと回転落ちのレスポンスこそが、ドライブの楽しさの基本である。

ほんの小さなことに喜びを感じるのは、考えてみたら、面白い現象だといえる。歳を取ったおかげかもしれない。

今は新緑が輝かしく綺麗で、ようやく庭園内も木陰が広がってきた。苔の絨毯には無数の木漏れ日が動いている。こんな普通の風景が「綺麗だな」と感じられるのも、歳のせいだ。無邪気な幼い子供や犬たちにはわからない感覚である。いわば、無邪気ではないからこそ美しさがわかる。

桜の花が綺麗だとか、紅葉が美しいと感じるのも、無邪気ではないからだ。では、「邪

気」のなせるわざなのだろうか？　まあ、老人はみんな、死に近づく半病人なのだから、
まんざら間違いではないのかも。

第7回 単なる移動による幻想

スキャナとプリンタを買った

この種の機器はとうに時代遅れで不要になるはず、と二十年以上まえに考えて、ずっと買い替えずにいた。しかし、日本の役所を相手にする場合などには、そうもいっていられない。今でも紙の書類でやり取りをしているのだ。フロッピィ程度で驚いてはいけない。ファックスもばりばりの現役だ。「ファックスって何？　下品なこといわないで」と若者には眉（まゆ）を顰（ひそ）められることだろう。

プリンタもスキャナも紙詰まりが酷（ひど）くなり、限界だったので、同時に廃棄して買い替えた。スキャナ&プリンタの複合機で一台になった。コピィもできるから、疲れ気味のコピィ機も買替え不要となった。

新しいプリンタは、中古品でもないのに一万円ちょっとという安さだった。日本では近頃、食品が値上がりしているが、電化製品も、趣味の模型関係の部品や工具も、著（いちじる）しく値下がりしていて、二十年まえの十分の一に近い値段になっている。天国といっても良い。僕は、食べる量が少ないしグルメでもないから、食費は微々たるものだ。趣味と工作関係の支出減で、「金のやり場がない」状況である。

衣料品だって安くなっている。僕が成人した頃に比べると、めちゃくちゃ安い。スーツが二万円で買えてしまう。二年ほどまえに、生まれて初めて自分の靴下を買ったのだが、五百円ほどで四足も買えた。

人に会わないし、人に見られる機会もないので、ファッションには意味がない。鏡もないから確かめもしない。靴と帽子は必要だけれど、鞄(かばん)はいらない。荷物を持って出かけないからだ。これが、身なりに金がかからない理由である。

部屋の整理をする理由

さて、先々週くらいから書斎の整理を始めた。床に本が積まれて、足の踏み場がなくなりそうになったためだ。足の踏み場がないとデスクまで辿(たど)り着(つ)けなくなる。そうなってからでは整理作業もできないから、しかたなく片づけることにした。これは、「あと片づけ」ではなく、「さき片づけ」だろう。未来を心配して整理するのだから。

床に積まれた本は、僕が買ったり読んだりしたものではない。一日一冊は本や雑誌を買うけれど、すべて電子書籍だから物体は増えない。書斎の床に溜まるのは、自分が書いたものの見本だ。発行されると十冊、重版になるごとに二冊が送られてくる。これらが積み上がる。自分の本を誰かに配るような恥ずかしい真似はできないし、自分で書いた文章を読んで悦に入るほど暇人でもないので、封も開けず、すべてそのまま。捨てるには惜しいし、古書店に売るのは（送ってくれた出版社に対して）やや不道徳だろう。というわけで、溜まる一方だ。数年で書斎が不自由になるため、限界に達したら段ボール箱に入れて地下倉庫へ運び込む。既に１００箱以上、地下に眠っている。

さらに、ゲラが溜まる。本を一作書くと、ゲラ（校正紙）が三回届く。赤を入れて出版社へ送り返すが、きちんと訂正されたかを確認するため、新しいゲラと同時にまえのゲラも戻してもらう。これらのゲラがどんどん積み上がるから、やはり段ボールに入れて、地下倉庫へ送る必要がある。捨てるか燃やすかすれば良いのだけれど、紙の束というのは意外に燃えにくいものだ。濡れた落葉くらい燃えにくいし、煙が出る。廃品処理場へ持っていくのも重労働になるし、森家には荷物が載せられるような大型車がない（ツーシータやリアエンジンでトランクがないクルマばかり）。

書籍以外の物品も多いし、どんどん増える。ほぼ工作関連のものである。詳細は説明が難しい。見本やゲラほどの量はないものの、なにか買えば、空き箱が増える。半分は箱を捨ててしまうけれど、箱に入れて保管したいものもある。だから、容量的にそこそこ場所

窓の外を眺めるのが好きな犬のために、手をついて立ち上がれる小さめのベンチを作ってやった。右に見えるのは骨董品の乳母車で、熊のぬいぐるみたちを収納。

を取る。

幸い、地下倉庫はまだまだ余裕がある。ただ、本を入れた箱は重くて運ぶ作業が大変だ。怪我をしないように注意をしつつ、一人で少しずつ実施する。この作業にだいたい一カ月半くらいかかる。根を詰めるようなことができない人間なので、十分くらい作業をしたら飽きてしまう。一日に合計一時間程度の作業を六週間ほど続ける、といった進行で、現在はその途中。

整理をしても価値の増減はない

家の中に入ってくるばかりで、出ていくものがない。買うばかりで、売ることがない。入力するだけで出力しない。だから、物が溜まる。まあ、しかたがない道理ではある。今のところ、どんどん家や倉庫が大きくなっているので、持ち堪えているけれど、日本の財政みたいな感じで、いずれ破綻するのではないか、との不安もつき纏う。

価値があると認めたから買っている。価値がないと判明したら捨てる。だから、溜まっているものは、ある程度価値を有する品々だ。したがって「ゴミ」ではない。売ろうと思えば売れるだろう。売るのが面倒なだけである。

また、整理整頓をしても、置き場所が変わるだけで、価値の増減はない。価値のなさそうなものに見切りをつける切捨て誤差と、忘れていた価値を再発見した場合の切上げ誤差の変動がある程度。ちなみに、たとえ不用品を廃棄したとしても、地球上のどこかに移動するだけだ。リサイクルしても同様。

僕のように物を捨てない整理は、エネルギィをかけて作業をしても所有物の価値には無関係である。だったら無駄な作業なのかというと、そうでもない。微妙なところだ。広い空間が身近に生じる、という見かけの価値が一時的に錯覚できる。

世の中には、断捨離をして喜んでいる人たちがいるようだけれど、僕には、明らかな幻想か勘違いに見える。ただし、人の趣味に文句をいうつもりはないので、あくまでも僕の感想にすぎない。僅かな精神的なメリットは、催眠術にかかったか、それとも「思い込み」の類である。だが、人生の価値の大部分は思い込みなので、否定する理屈もない。

無秩序に存在するものも、綺麗に収納されて片づいたものも、トータルの価値は同じである。問題は、移動にエネルギィが消費されること。排気ガスを出すエンジン車が、すべて電気自動車になっても、発電所が出す排気ガスが増える。場所が移動するだけだ。集中すると高効率になるけれど、送電によって失われるエネルギィも大きい。一時的に気持ち良くなるだけだ。

わざわざ毎日通勤して会社という箱に収納される人間の場合も、移動によって多大なエネルギィを消費する。情報をわざわざ紙に印刷して送るのに似ている。無駄の最たるものだろう。今回買ったプリンタが、人生最後のプリンタになることを願っている。

第8回　インプット過多の社会

漫画だって読みますよ

　連載の第5回で、読者サービスで最近読んだ漫画のタイトルを書いたところ、予想どおり反響があった。みんな、このような具体的なことを知りたいのだな、と確認。森博嗣は漫画なんか読まない、と思っていた人も多かったようだ。僕は若い頃に漫画を描いていた。テキストではなくビジュアル志向で生きてきた。ただ、最近はそれほど漫画を読んでいなかった。

　どうして読むことになったのかというと、十年ほど使っているＫｉｎｄｌｅの反応が遅いと感じるようになったので、カラーモニタの新機種に買い替えた。モニタも大きいものにした。それで、漫画を読む気になった、という流れである。小さなスマホで漫画を読んでいる人たちは、きっと目が良いのだな、と感心する（僕は視力二・〇だが近いものは苦手な遠視）。

書斎のデスクには二十四インチモニタが二つ並んでいて、映画はこれで見る。すべて日本以外の作品。吹替えのものは苦手で、字幕で見る。ただ、文字を読むのも不得意なので、半分は英語で頭に入る。

読書量も最近は多い。同時に数冊を読む。でも、小説は一切読まない。読書には古いＫｉｎｄｌｅをまだ使っている。ページを捲るだけだから、少々反応が遅くても我慢。

このようにインプットの時間が増えているのは、歳のせいだと思う。いろいろ億劫になったし、体調を考え、無理をしない。さらに、文章を書く仕事を順調に削減できたことも大きい。

小説を書こうと思ったら、このようなインプットは障害となる。何故かというと、面白い作品に出会うたびに、「こういうものは書けないな」と感じるから。世の中にもう存在しているものは、忌諱の対象となる。創作とは、まだ存在しないものを生み出す行為なので、もしなにも知らなければ、無限の可能性がある。インプットして既存のものを蓄積するほど、創作の自由度が縮小する。

アウトプットをさせない現代

僕は研究者として二十数年間勤務し、論文を沢山書いた。作家になってから書いた作品の倍以上の数にもなる。「小説家になるなら小説を沢山読むべきだ」とおっしゃる方がいるけれど、僕は子供の頃から研究論文を愛読していたわけではない。あるとき突然研究者になり、研究をして論文を書いた。小説もこれと同じで、自分が書く作品について研究(思考)さえすれば、いきなり書けるはず。他者の作品を参考にする必要はない。

ただ、どんな傾向のものがこの世に出回っているのかを知っていた方が良いので、そういった「既往文献の調査」は必要かもしれない、同じものをうっかり書かないために(論文では絶対に書いてはいけないが、小説はそうでもないらしい。弱い縛りである)。

最近、体力が衰えたことと、仕事をほとんどしなくなったことで、僕の生活に占めるインプットの時間が増えた。漫画もそうだし、映画も毎日二本くらい見る。僕は、一度見たものを二度と見ないので、つまり自分にとっての新作ばかりなのだが、世の中には、膨大な数の作品が存在する。全然追いつかない(追いつこうと思っているわけではないが)。

僕は若い頃から沢山の漫画や映画を見てきた。このため、漫画や映画で仕事をするチャンスがなくなった、と感じている。良い作品に出会うほど、自分が進出する隙がない、と感じるからだ。幸い、小説はそこまで読んでいなかったし、研究者になってからは、ほとんどこの種のインプットがなくなった。作家になれたのは、この絶食期間が幸いしたのだろう。

ところで、世間を見回してみると、現代は容易にインプットができる環境が整っている。出かけていって探す必要もない。しかも安い。どんな分野でも幅広く、あらゆる作品に接することが可能だ。初心者向けの入門グッズなども充実している。今の若者は、とにかくインプットが楽しくてしかたがないだろう。そして、この飽食環境がために、アウトプットができなくなる。

なにもかもがキットやパックになった

僕は工作が大好きで、いつもなにかを作っている。常に新しいプロジェクトを計画し、そのための材料や情報を探している。完成するよりも、製作途中の方が面白いし、それ以前の構想も楽しい。考えを巡らすことも、手を使ってものを作る作業も、自分の躰(からだ)を使ったアウトプットだ。疲労は伴うものの、スポーツなどと同様の爽(さわ)やかさがある。

このような楽しさは、他者には普通では伝わらない。完成したものを人に見せる機会がたまにあるけれど、伝わるのはほんの一部だ。ただし一部であっても、それに触れた人が楽しそうだと感じ、自分もやってみたい、と思う場合もある。

けれど、どうすればそれができるのかわからない。プロセスは公開されないのが普通だった。このため、さまざまなハウツー本が出版され、その種の動画やブログが注目を集めるようになった。これらに触れた人たちは、こんなハウツー本を書いてみたい、こんな動

七月になると、庭園はほぼ木陰になる。深い森の底にいるような感じ。夏でも「暑い」と感じるほど高温にはならない。朝夕は上着が必要な気候。

画やブログを自分もやってみたい、と感じるらしい。実際に、どんどんアウトプット側へ回る人が増える。今の時代、一部にはその傾向が見られる。ただ、そのアウトプットはしだいに短くなり、どんどん下火になる。

ハウツーを人に伝えることが「楽しさ」の本質だと勘違いしたことが原因である。ハウツーを語る行為は、あくまでも自己満足のほんの一部が溢れ出た結果にすぎない。

そして、もっと大勢の人たちは、仕事、家庭環境、あるいは経済的理由などから、アウトプットできないでいる。そんな人たちの前に差し出されるのが、アウトプットのキット、あるいはパック（セット）である。

誰でも簡単に、しかも失敗なく完成させられるように、すべてが取り揃えられ、難しい部分は完成済みだ。なにも悩む必要がない。短時間で完成できて、アウトプットをしたつもりになれる。満足感もそこそこ得られるだろう。

その経験をきっかけに、本格的なアウトプットへシフトする人も、少数ながらいるので、入門としての価値がないわけでもない。現に、そう謳われている。

問題は、このようなキットやパックが、フルセットのアウトプットといえるのか、という点である。本来のアウトプットとの差が著しい。はっきりいえば、冒険とパック旅行くらい差がある。雲泥の差だ。しかも、楽しさや満足度では、さらに格差が生じる。本人は気づきにくいのだけれど、組立て説明書のとおりにものを作る行為は、むしろインプットに近いものだからである。

第9回　こんなふうに生きようと考えたことはない

影響を受けたものを語りたがる人たち

ＳＮＳで散見されるのは、「私を作ったもの」「感動したもの」を過去に遡って語る人たちである。たとえば、読書家ならば、読んで面白かった本のタイトルを羅列している。まるで、自分が好きな食べものを家の前に並べて展示しているような光景を連想させる。軒先を通りかかった人は、ちらりと見ていくだろう。そして、「何しているの、この家は」と訝しむのである。

もちろん、「私はこれが好きなんです」と表示しておけば、わざわざ展示していることの意味は少し理解してもらえるかもしれない。しかし、通りすがりの人の感想は、「へえ……」に変わるだけで、なおも五センチくらい引いてしまうはずだ。

意味は通じても、気持ちは通じない。「あなたが好きなものを見せてもらっても、それが私にどう関係するの？」と思う程度だ。実際に言葉の反応として出ないだろう。逆に、過剰に反応されて「何なの？　これをプレゼントしてくれってこと？」と問い詰められると厄介（やっかい）だ。

自分はこういう人間です、という主張は比較的、そして技術的に難しい。どうしてかというと、それを一番よく知っている人（つまり本人）にとってさえ、まとめきれない複雑さと、そのときどきで大きく揺らぐ指向しか感じ取れないのが普通だからだ。ようするに、自分で自分がわからない。かえって、他者の方が、「ああ、あの人はね、こんな感じ」と簡単に言葉にしてくれるはず。

抽象的に本質を捉（とら）えるには、プロ的な技術が必要である。それはたとえば、精神分析や占星術に技術援助を頼まなければならないかもしれない（一部の自己紹介に星座を取り上げる理由はこれだ）。

一方、社会で多く観察されるのは、自分の成功例を列挙する人たちである。仕事でこのような業績を挙げた、といったいわゆる「履歴（りれき）」である。おそらく、自身の能力をアピールするのが目的であり、たとえば就職の面接などには有効だろう。だが、人間の価値とは、少なからずずれている。友達を募集するときに、履歴書で審査するようなものだからだ。

僕がここで書きたいのは、主張ではない。観察される傾向であって、なにかに反対したり、賛同を求めているのでもない。こんな人が多いですよね、というだけだ。

現在抱えている問題を語る人は少ない

自分が影響を受けたものや、自分が成し遂げた仕事などは、いずれも過去の事柄である。つまり「今」の状況ではない、という点に僕は違和感を抱く。だから、過去を語る人たちには、「で、今は何をしているの?」と尋ねたくなってしまう。

かつて研究者という仕事に就いていた。研究者というのは、なにがしかの問題を抱えている。課題で頭を悩ませている。そして、大きな問題、あるいは多数の問題を抱えている人ほど、研究者として優れているのだ。だから、人と話をするのは、いつも、「今考えていること」になる。過去の成功例を語る人などいないし、また、自分が影響を受けた研究者の話なんか聞いたこともない。「ここが変だ」「どうしてわからないのだろう?」「解決がおぼつかない」と嬉しそうに話す。子供が、「ねえ、どうして?」「それは何?」と大人に向けて目を輝かせるのと似ている。

どれくらい自分が困っているかが、その人の能力なのである。誰にも理由はわからない。今のところ解決策がない。そういう状況こそが、人間が能力を投じる対象であって、それこそが、毎日の楽しみでもある。頭を抱え、不機嫌そうに顔を顰めていても、楽しくてしかたがない。普通の人にはわからないだろうか?「君の悩みは深そうだ。良いね。

昨年製作したHOゲージのレイアウト（鉄道模型のジオラマ）。架線を張って、実際にそこから集電して走らせている。大きさは四メートル×一・三メートル。左に、テーブルの上が見たい人がいる。

まったく羨ましいよ」といった感覚になる。

問題を目前にして思考に没頭したため、二日ほど食事を忘れていたことがある。作ってもらった弁当をそのまま持って帰ったことが何度かある。ようするに、生きることなど二の次になる。当時の僕はとても貧乏だったから、弁当を作ってくれた奥様（あえて敬称）には大きな借りを作った。でも、我を忘れるというのは、生活を忘れることなのである。

おそらく、こんな話をすると不謹慎だといわれるだろうけれど、生活に悩んでいる人は、その悩みについて考えることができる。その問題を持っていないよりも、むしろ良い状態だし、人間の能力を発揮するチャンスだとも思えてしまう。

この人の生き方に感銘を受けた、という経験はない

あまり過去を振り返らない人間なので、何が自分に影響を与えたのか、と考えることがない。考えてもしかたがない。たとえば、子供の頃に教えてもらった学校の先生で、名前を覚えている人は一人もいない（そもそも、人の名前を覚えられないからだが）。友達の名前もすぐに忘れてしまうので、五年も会わないと、顔は覚えていても、名前は確実に忘れている。

師と仰ぐような、いわゆる親炙した人物は僕にはいないし、もちろん勝手に私淑した人

物もいない。その人の業績に触れることで、影響を受けることは当然あるけれど、主としてその対象は考え方であったり、発想である。そして、それと同じようにしよう、とは全然思わない。むしろ、それはやめておこう、と思うだろう。ここが少し変わっている部分かもしれない。

人の生き方に感化された、といった体験はない。立派だなとか、この人には敵わない、と感じることは多々あるし、その場合は尊敬に値する人物と位置づける。でも、だからといって、その人のライフスタイルは、まったく別の問題であって、僕には関係がない。

人の生き方に影響を受けたことは、考えても思い浮かばない。そもそも、こんな生き方をしようなんて考えたことがないし、ただただ成り行きで生きてきたら、たまたま今のスタイルになったというだけの話である。今後もどうなるかわからない。

作家になって、文章を書くようになった。ほかに書くことがあまりないので、つい、生きるとか死ぬとかの話をしてしまい、その結果、こんなふうに生きたい、といった文字が自然に現れることはままある。控えめにいっても、驚くべきことだと思う。普段は考えもしないことが、続々と言葉になるのだから。

ただ、思ってもみなかったことではないはず。たぶん、頭のどこかで、あるいは過去のいつか、それらしいことを発想したのだろう。まあ、嘘を書いているわけではないし、他者に押しつける気もないから、責任は感じないが、あっさり評価するなら、気まぐれな、上の空の、いい加減な、何を考えているのかわかりにくい、そんな気持ちではある。

本当にどうでも良いことだが、「どうでも良い」は、「こうであるべき」よりは幾分好ましいように感じている。

第10回 ジェネラルからスペシャルへのシフト

ジェネラルなものが衰退する?

一週間ほどは、年末頃に発行される科学関係の本の仕事をしていた。執筆でも翻訳でもなく、監修を依頼された。そういえば、小説の仕事は、もう半年以上（ゲラ校正以外では）していない。

「回っているコマは何故倒れないのか?」といった疑問を、普通人は持たないし、理由を正しく答えられる人もいない。一方、悲惨な事件があるたびに、「どうしてあんな酷いことをしたのか?」と執拗に知りたがる。理由を知ったところで、真実とはかぎらない。たとえ真実であったとしても、将来的に問題が解決できるわけでもない。

科学的なことは専門家に任せておけば良い、という姿勢を、非常に多くの人が自慢げに持っている。まるで王様か社長のような大らかさだ。実は僕も、「生きることなど躰に任せておけば良い」と思っているから、その気持ちは理解できる。ただ、人任せにしすぎることのデメリットも、多少は認識しておいた方が「お得」だと思う。

日本の職場には、総合職と専門職という区別があるらしい。多くの場合、総合は専門よりも上だと認識されている。いささか変な話だと思う。僕の知っている範囲では、日本においてこの傾向（偏見といっても良い）が強い。総合的なものは、専門的なものより偉い、あるいは有利？　はたして、そうだろうか？

たとえば、日本の雑誌には総合誌が多い。ある分野に特化したものでさえ、その分野を全般的に網羅（もうら）しようとする。その結果、どの雑誌も特色がなくなる。テレビ局もそうだ。ニュースやドラマを専門とする局はない。ショッピングセンタには、いろいろな店が集まっているけれど、どこのショッピングセンタも同じような雰囲気になる。だから、雑誌もテレビ局もショッピングセンタも、これから衰退するだろうな、と僕は感じる（二十年まえからそう書いてきた）。デパートや大型書店などが、これに類する。

ついこのままで、「～しかない」という表現は否定的な意味だったけれど、今では、賞賛の言葉として広く使われている。スペシャルなことが価値を持つ時代になった象徴ともいえるかもしれない。

みんなと同じが良いという価値観

「どこも同じじゃないか」と腹を立てる人は、まだ少数派だろうか。どこの観光地も似たり寄ったりだとか、最近のクルマって、みんな目が吊り上がって同じ顔だとか、ちょっとした事件があると、どのチャンネルも同じ放送になるとか……。そういうときに、「一体感があってよろしい」と思える人が多いのかな？　僕はそうは思わない。一つくらい違ったものがあっても良いのに、と憤る。何故なら、僕はみんなが見ているものを見たくないし、みんなが好きなものを好きになれないし、みんなと同じことをしたくないからだ。

天邪鬼だとか、捻くれている、と子供のときからいわれたけれど、べつにわざと違うことをしているわけではない。ただ、大勢に合わせようという気がないだけ。みんなに合わせても、特に面白くない。それよりも自分がやりたいことをしたい。ただそれだけの素直な気持ちで、これまで生きてきた。

みんなが同じである必要はない、という価値観を持っている。自分と同種の人が現れても、「あ、そうですか」というだけで、特別嬉しいとは感じない。だから、自分の主張を人にわかってほしいとも考えない。放っておいてね、というだけなのだ。それなのに、これがなかなかわかってもらえない。「寂しいですね」などといわれてしまう。僕自身は特に寂しくないので、「へえ、寂しいですか？　寂しいと、なにか悪いことでもあるのですか？」と応えるしかない。

研究というのは、職業になった場合には、とにかく誰もやっていないことをするしかない。また、作家のようなクリエータも、仕事でする場合は、できるだけ人と似ていないものが求められる。だから、たまたま僕のような人間には相性の良い分野だった。

これからのコミュニケーション

だからといって、近所の人と挨拶もできない、というのは困る、というよりも不利だ。自分にとって不利益なので、周囲との摩擦は避ける方が賢明。このような外面的な性質と、本来のライフスタイルはまったく無関係である。人間は機械ではないので、スポーツカーだったら流線形であるべきだ、のような束縛はない。

他者と親しげにつき合っていると、ときどき無駄な集いに誘われることになるが、時間が惜しいなら断れば良い。このとき、理由を語る必要はない。ただ、「そういうのは、ちょっと」と片手を広げて微笑むだけで済む。大してエネルギィを消費しない。自分の生き方を語る必要はない。それこそ、時間とエネルギィの無駄だろう。スペシャリストであっても、表向きはジェネラルでいれば良い。難しいことではない。

近頃の僕は、周囲に他者がいないので、そういった葛藤(かっとう)も皆無だ。実にのびのびとした毎日を過ごしている。人とつき合わないことがこんなにも豊かな時間をもたらすのか、と驚いている。世間を騒がせているウィルス騒動においても、人づき合いが制限されるなか

第10回
ジェネラルからスペシャルへのシフト

そんな名前ではないが、みんなに「ぷう」と呼ばれている。前回は写っていなかったが、鼻が立派だ。好きなものは、枝と引出しで、オタクといっても良い。

で、個人の豊かな時間に気づいた人たちがいるはず。その点だけは、不幸中の幸いといえるのでは？

マスコミが伝えるような「スキンシップがなくなった」「コミュニケーション不足」「寂しく感じる」との訴えは、大勢で密集し大騒ぎすることでしか「親しさ」や「意見交換」ができない仕組みになっていた不備をクローズアップさせた。いかにも前時代的な発想だった。江戸時代ではないのである。これだけ通信技術が発達し、誰もが端末を持っている、現代に相応しい社会、人間関係、仕事、そして教育のシステムへ、早くシフトした方が良いだろう。対コロナ最強の武器はＩＴなのに、何故もっと活用しないのか？

もちろん、人と直接会って、わいわい騒ぐ「伝統」や「趣味」を否定するわけではない。なくせといっているのではない。あくまでも「伝統」であり「趣味」だ。過去にいくら大勢が参加していたとしても、既に、「常識的」なものではなく、もはや「懐古的」なもの、そして限定的なものになった。

蛇足

感染症といえば、二十年ほどまえにサーズ（ＳＡＲＳ）があって、また十年ほどまえにマーズ（ＭＥＲＳ）があった。大学に勤務していた頃、学内にプレハブの臨時宿舎を建て、海外出張から戻った職員が隔離されることになった。あの当時から、温暖化と人口増加によって、異常気象とともに感染症が地球規模で流行すると予測されていた。サーズやマーズに比べて今回のウィルスは死亡率が低いが、今後常に同様の危機が世界を襲うことになる。「これさえ終息すれば、また元の生活に戻れる」と信じている人は、極めて楽観的だ。生活様式を早く修正し、順応する方が現実的だろう。

とはいえ、これは僕個人の「趣味的」な意見であり、前世紀（四十年ほどまえ）から、「今後の社会的危機は天災ではなく、テロとウィルスだ」と授業で話していた。ウィルスは、いわばスペシャリストである。かつては局所的で特別な環境に限られたものが、グローバル化で人々がジェネラルになったため、パンデミックが大きくなる。人間の活動が必要以上に広がりすぎたためではないか、と想像する。

僕と僕の家族（犬たち）には、何一つ影響がない。なにも我慢していないし、なにも期待していない。以前と変わらない静かな毎日が続いている。

第11回　どうでも良い話をしなくては

何色が好きか問題

前回は少々書きすぎた気がする。気持ちを切り換えて（単なる言葉だけのことだが）、今回はもっとどうでも良い話題にしよう。常々、どうだって良いことばかり考えているおかげで、今の最高にいい加減な人生になっているのだから。

そこで、「何色が好きか」について述べてみたい。僕のことをよく知っている人は、おおかた承知している情報である。僕は赤やオレンジ色が好きで、色を選べるような場面ではたいていこれらを選ぶ。次点はピンクや黄色。逆に、滅多に選ばないのは青や緑や紫。また、白、灰色、黒は「色」と認識さえしていない。基本的にフラットな原色が好きで、派手なメタリックや蛍光色、またシックな中間色も好まない傾向にある。

最初に買ったクルマは赤だった。このクルマでデートもしたし大学に六年間通っていた。大学院を修了したときにクルマを買い替えた。六年間で十八万キロも乗ったので、もうがたがただったからだ。新車と同時に結婚もして、引越しもして、ついでに就職もした。この四つが一週間のうちにあった。その二台めのクルマは紺色だった。

嫌いな色を選んだのは、結婚相手の女性に「赤いクルマはやめて」といわれ、それに従った結果である。つまり、僕はそれほどクルマの色を気にしていない。自分は内側に乗るので、外側の色は重要ではない、と考えた。赤かオレンジ色か黄色にしたかったのだが、たしか、そのときは好みの色が設定になかったことも理由だ。

そしてその後、何台もクルマを買ったけれど、二度と赤いクルマに乗ることはなかった。何故なら、その女性がずっと今まで僕の奥様（あえて敬称）だからだ。今でも、「よしなさい、赤なんて」とおっしゃる信念の人である。彼女自身は、黒と白のツートンのクルマに乗っている（パトカーではないが、パンダみたいだ）。

森博嗣は我が強いと一般に誤解されているけれど、研究者や作家って、そういう人種にきまっている、というステレオタイプのイメージのせいだろう。僕は、人の意見を聞くし、多くの場合それを受け入れる。大勢の動向に積極的に同調するようなことはないにしても、自分の好みを強く主張することはなく、「まあ、どちらでも良いことだから譲歩しよう」となることがしばしば。そもそも、人が僕に意見をするのは、僕にとってはどうでも良い事案である場合が大多数なのだ。

色なんて、どうでも良いものである。たまたま表面の状態で光の反射がそうなっているだけのこと（照明がなければ色は存在しない）。一般に、その物体の機能や形状や強度などに色は無関係である。世の中にはこのようなどうでも良いものが非常に多い。わかりやすい例として、今回は身近な「色」について書いてみた。

綺麗とか美しいとか意識とかも

色は、物理的な現象である。その証拠に、機械で色を測定することができる。しかしたとえば、「綺麗さ」や「美しさ」は、そうではない。対象は物理的なものなのに、それを判別・判定するのが人間であるため、人それぞれで基準が異なり、また定量的とはなりにくく、そのときどきでも変化する。したがって、機械によって測定できない。

「そんなことはない。ＡＩだったら判別できるはずだ」とおっしゃる方もいると思う。そう、そのとおり。ＡＩは人間の頭脳とほぼ同じなので、その判別が可能な性能を持ったものであれば、「人間」と見なしても差し支えない。「見なし人間」に属すると考えれば理解しやすいかも。ただ、人間がそれを認めるかどうか、「見なし人間」と見なすかどうか、が新たな問題となる。すると、「綺麗さ」や「美しさ」に、「人間らしさ」が加わるだけだ。

歴史を振り返ると、わりと安易に「美」という概念が使われてきた。それが、ここ最近になって「そういった決めつけはよろしくない」との意見が台頭し始めた。例を挙げれば、「美人」「美女」「美貌」「映像美」「様式美」「美意識」など。まずは、言葉に対して厳しく制限されるようになりつつある。ついこのままで、誰もが意識せずに使っていた沢山の表現が、公の場では発言できない。不思議なことだが、このような「言葉狩り」は、いうなれば簡単で安上がりな手法だ。言葉を制限すれば、人々の意識が変わる、といった理屈に基づいているらしい。

ところで、この「意識」なるものも、どういう意味なのか、僕にはよくわからない。それこそ、「美」と同じく、人間が、そして各自が、異なる基準で漠然と捉えているはずだ。人間は、意識というものを自分は持っていると感じるようにプログラムされているが、この根拠は、言葉の存在に大部分起因しているだろう。しかし、あくまでも、自分だけの意識（つまり思い込み）であって、すべての人に共通するものであるかどうかは、きちんと証明されていない。ＡＩだって、この程度の「意識」ならば既に持っているように観察される。

どうでも良い人間だから

どうでも良いことほど、人生にとって大事なものはない。なにしろ、生活のほとんどは、どうでも良いことで埋め尽くされている。考えてもらいたい。今日、あなたは何をしていたのか？　それは、どれほど大事なことだっただろうか。また、なにか大きな決断を伴うものだっただろうか。命を懸けて実行したぎりぎりの行為だったのか？　実際、そんなドラマティックな瞬間は、滅多に目の前に現れない。

たとえば、恐縮だが僕の場合、歯を食いしばって頑張るような場面は、生まれてこのかた一度もない、と断言できる。生まれたときのことは覚えていないので、もしかしたら、誕生が最も大きな苦労と決断を伴う局面だったかもしれない（おそらく、その苦労と決断は母親がしたものだろう）。

だから、どう考えても、僕はどうでも良い人間で、どうでも良い人生を送ってきた。沢山の人たちに数々の（特に奥様には多大な）迷惑をかけた。いい加減で、我儘で、一時の感情に流され、目の前の自分の問題を解決することにしか目を向けなかった。本当に笑ってもらって良いと思う。僕がなにかをしたとしたら、それは僕の身の回りのことだけにすぎない。すなわち、どうにかなったのは唯一、自分の人生だけだ。世界や宇宙の中でほんの僅かな一部分、ちっぽけな、取るに足らないものに目が眩んでいた。

そうかといって、今すぐ心を改めて、新しい生き方ができるとも思えない。それができるなら、何十年もまえにそうなっていたはずだ。多少は修正してマイナス面を小さくした、という程度の微々たる改善しかできていない。

このように悲観的に見ているから、自分の意見は自分にしか適用しないし、他者に対し

庭園内には小屋が幾つか建っている。自然のスケールの大きさは、人工物との対比で鮮明になる。写真の小屋は高さ二メートルほど。樹木は三十メートル以上。

て影響するようなことを控えるようになった。こうだと思う、という発言はしても、こうしなさい、とはいわない。それは、自分の好きな色をみんなにも好きになってもらおうとするのと同じくらい押しつけがましい。

ただ、自分をどうでも良い人間と見なすことで、初めて自分だけに焦点が絞られ、自分の可能性のようなものが少し見えてくる。

なにかを成し遂げようと力まない方が良い、そんな「生き甲斐追求」に拘らず、まずは自分自身を諦めるところからスタートすると、気持ちが楽になる。一生、気持ちが楽なまま生きていられるとしたら、それはそれで、まずまずの人生ではないか。なによりも、気合を入れず、意気込みを持たず、信念や期待を手放し、素直に静かに生きていれば、そこそこは楽しい日々になる。

第12回 とにかく頭を下げる文化について

あなたを責めているのではない

これが日本的な文化だとはいわない。日本以外でもあるだろう。ただ、とにかく「謝ることが正しい」との間違った解釈が幾分多く、周辺で観察される。

仕事上でしばしば訪れる場面。「それは変じゃないですか?」と相手に指摘すると、「ああ、すみません、たしかにそうなんです。でも、こうするのが決まりでして」と返される。だいたいは、ここで引き下がるしかない。しかし、こちらに主導権があり、もう少し押せるような条件であれば、「いや、その決まりが間違っているのだから、この機会に改めてはいかがですか?」と要求すると、「はい、ごもっともです。同感です。でも、申し訳ありませんが、なんとか、このままお願いできませんか?」と返される。こうなったとき、どうでも良いことなら、譲ったり、引き下がったりできるだろう。ただ、少なからずこちらに不利益が生じるときには、「いいえ、あなたは悪くないのです。あなたを責めているのではない。そのルールが間違っているから、それを直してもらいたいだけです」と食い下がってみる。

抽象的に書いたけれど、このような場面が僕の人生では十数回あった（細かいことだから引き下がったのは、その五倍はあるはず）。いずれも、依頼されて、こちらが出向いて仕事をしたのに、当初の約束とは違う条件が急に示され、問題が生じた。だから、「それは変でしょう？」とクレームをつける。相手の担当者は良い人で、おそらくそのルールを知らずに仕事を進めた。ところが、あとになって、そうはいかないことが判明。その組織としての決まりがあったのだ。だから、頭を下げて謝ってきた、というわけである。

たとえばの話、よくあるのは、この金額でこの仕事をと依頼された。事後に、なにかの理由でその金額は出せない、というルールの存在が発覚する場合などだ。例を挙げると、あるテレビ局では、出演料が過去の出演回数によって決まるルールになっている。また、ある出版社では、イラストの料金をイラストレータの学歴によって決めている。担当者は、こちらの出演回数や学歴を誤解して、最初にいくらです、と金額を提示してしまった。経理を通す段階になって、その額が出せないとわかった。このように例を挙げると、少し具体的になって、わかりやすいだろうか。

謝ることが問題解決だという勘違い

具体的な例を挙げると途端に、それが問題なのだ、と焦点を絞って認識してしまう人が多いけれど、そうではない。もっと広く、いろいろなケースがある。決まりごとだけではなく、前例に固執し融通が利かない場合なども含まれる。当事者はお互いに「今回は特殊なケースだから」と理解している。だが、その事情を上へは持っていけない。担当者は板挟みになる。

ルールを変えるような面倒なことはしたくない、というのが組織人の習性である。まずは頭を下げてその場を収めようと考えるし、これまでもそれで凌(しの)いできた。たまたま、頑固な人(僕のこと)に遭遇して問題となってしまうらしい。

さて、僕としては、その間違ったルールを改めることが、その組織にとってもプラスだと信じていて、相手のため、相手の組織のためになるとの判断から、面倒だけれど、あえてクレームをつけている。僕としては、これは「優しさ」に属する行為である。自分がここで引き下がったら、将来きっと多くの人が嫌な思いをすることになるだろうし、組織にも不利益になるはず。今のうちに修正しておいた方が良いのはまちがいない。

「とにかく、そちらで一度検討してみて下さい」とお願いすると、次は、担当者の上司がやってくる。その上司に改めて説明をしなければならないのか、と溜息を漏らすことになるが、その上司は、説明をしにくるのではなく、ただ頭を下げにくるのだ。「上の者が謝れば解決する、そのための上司」なのかと呆(あき)れることが数回あった。

謝ってほしいなんて全然思っていない。謝られてもしかたがない。時間と経費を使い遠くまで出張してきて頭を下げること、これが彼らの誠意であり解決方法なのだ。もちろん、ただ謝るだけで、その間違ったルールをどうして直すことができないのか、といった説明はない。相手(僕)はただ感情的になって頭に血を上らせているだけで、それさえ収めれば問題は解決する、と考えているのだ。失礼な話ではないか。この文化が、僕には許容できない。許容はできないけれど、頭に血を上らせているのではない。怒ってもいないし、相手を嫌っているのでもない。腹も立っていないから、笑顔で話ができる。単に、「間違いを直してはいかがでしょうか?」と提案しているだけなのだ。

機嫌を取ることだけに神経をすり減らす人たち

もう一つ、例を挙げてみよう。出版社の担当編集者は、作家の相手をする窓口なのだが、頻繁に人が入れ替わる。このとき、「引継ぎ」というものをほとんどしない。だから、新しい担当者に毎回同じことを説明し、どのように仕事を進めるか、細かい指示をし

第12回
とにかく
頭を下げる
文化について

書斎の壁二面は窓。椅子の真上に天窓も。鳥やリスの観察に適し、双眼鏡と顕微鏡もある。コンピュータ五台はすべてノート型。大きいモニタは二つ。

なければならない。そのうち、この引継ぎ用のリストをこちらで用意するようになった。郵便物はどこへ送る、ゲラ校正の手順はこうする、といった事務的なことから、細かいことでは文章上のルールなども校閲者に伝えなければならない（最近は、つき合う出版社を激減させたおかげで、このような面倒は減っている）。

何度か担当者に、作家固有のルールなどをデータにして、次の担当者へ引き継げるような仕組みを出版社として作りなさい、と話してみたが、今のところそういったシステムは構築されていないようだ。今日も、ある出版社から二十年もまえの住所へ書類を送ったが戻ってきた、と連絡があったし、また別の出版社では、海外翻訳本のカバー見本で、僕の名前の表記が、ＭＯＲＩ　Ｈｉｒｏｓｈｉになっていなかった（僕が海外翻訳の契約時に提示する条件は二つしかなく、その一つが名前の表記である）。いずれも、担当者が途中で交代し、情報が伝わっていなかった結果である。僕は、まったく腹も立てず、こういったときに送る文面を用意してあるので、それをコピィして返送しただけだ。

「営業」と呼ばれる人たちは、仕事相手の機嫌を取ることが仕事らしい。僕は機嫌を取ってもらいたいなんて思っていない。きちんと作業をしてもらえれば良い気分になるかもしれないが、それは仕事の成果ではない。一方、仕事上のミスで腹が立つことはあるけれど、迅速（じんそく）で的確なリカバをしてくれればそれで良い。僕の腹の虫をおさめることは、担当者の仕事ではない。

話は少しずれるけれど、社会的な問題を解決するときも同じだ。マスコミは、当事者に謝罪させようとする。「視聴者は謝罪を求めている」といわんばかりの振舞いが散見される。謝ってもらってもしかたがないし、謝罪するところを見せられても意味はない。それは解決ではない。そんな暇があったら、そのミスが起こらない方策を早急に決定すべきである。謝るよりもさきに対策を実施してほしい。マスコミもそういった指摘をし、そこを監視することが使命だろう。謝ったかどうかといった問題は、本来二の次なのだ。

最後にまた蛇足。「森博嗣が怒っている」とよく書かれるし、今回の内容でもいわれそうだ。実際、全然怒っていない。この程度で怒らない。正直、ここ十年ほど怒ったことがない。ただ、怒った振りをすることはある。怒った振りをしないと、真剣に受け止めてくれない鈍感な人たちがいるためだ。今日は、ドライブもしたし、犬とも遊んだし、ランチはバーベキューだったし、模型でも遊べたし、新しい工作も始めた。楽しい一日だった（にこにこ）。

第13回 マスクとワクチンはどちらでも良い

マスク問題はどちらでも良い

今回は異例ともいえる世間擦れした話題。ファンの方からこの手の質問がときどき来る(最近は返事を一切していない)。はっきりいうと、どうでも良い問題だし、どちらでも良い。「好きにすれば」が、僕の返答である。

しかし、お金をもらって文章を書いているのだから、話題として取り上げるのも悪くはないだろう。僕は無料で呟(つぶや)いたりしない。その種のモチベーションがないし、承認欲求も皆無。

まず、マスク問題から。マスクをすれば感染の確率が下がる。これには科学的根拠がある。充分かどうかは別として、幾らかの効果はある。あくまでも確率の問題だ。

マスクをしたくない人もいる。それは個人の権利といえる。法律でマスクをしないと駄目だと定められたら、その場合はするか、あるいは裁判に訴えるかしかないが、そのような法律は今はない。個人のエリアなら、そこの主が「マスクをした人だけ入場可」と決められるから、マスクをしない人はそこに入れない、というそれだけの問題だ。

　してもしなくても、いずれも自由。ただ、他者に対して「みんなも自分と同じようにしろ」と主張するのは、僕は賛成できない。そこまでの権利はない。さらに、自分の立場と反対の人に対して「頭がおかしい」などと非難するのもどうかしている。それこそ頭がおかしいか、あるいはビジネスとしてわざと炎上して注目されたい人に限られる。

　マスクをしない派は、自分だけマスクをしなければそれで事足りる。しかし、マスクをしたい派は、相手もマスクをしてくれなければ感染の確率を充分に下げられないから、その意味で「皆さん、マスクをしましょう」と訴えたい。その気持ちはわかる。ただ、気持ちがわかるというだけで、それが正しいかどうかはまた別問題。

　僕は、相手が大事な人で、その人がマスクをしていたら、自分もマスクをするだろう。着衣や笑顔や挨拶と同じだ。非常に簡単な誠意の示し方である。ただ、そもそも人に会わないので、マスクを必要としていない。

　どちらでも良いことだ。大きな問題だとは思えない。マスクをするよりも、しゃべらない方がずっと効果がある。みんなで静かにしていれば良いのに、とは考える。

ワクチン問題もどちらでも良い

マスクよりも相談が多いのがワクチン。こんなことを森博嗣にきいてどうするのか、と苦笑する。接種した方が発病や重症化のリスクが小さくなるデータはいちおう示されているが、副反応・副作用が怖い人もいるはず。感染に気をつけていれば良いのだから、危険を冒(おか)したくないと考えるのだろう。間違ってはいないし、もちろん自由だ。

だから、どちらでも良い。ただし、マスクよりは健康への影響が不透明である分、不安はどうしても消えないだろう。いろいろなデータを調べ、自分で自分の躰(からだ)と相談して判断するしかない。

ところで、普通の人は普段から多種の薬を飲んでいる。僕は成人以来、風邪薬も頭痛薬も胃腸薬も一切服用したことがない。薬の安全性というのは、いずれも百パーセントではない。リスクを覚悟してベネフィットに期待するものである。

ワクチンについての一番の問題は、他者に対して「接種しろ」といったり、「打つな」といったりする人たちだ。この場合も、ビジネスとしての宣伝行為なら、ある程度はしかたがない。金儲(もう)けのためなら、これくらいの発言は「表現の自由」だが、責任は伴う。また、自分の考えを主張しているだけなら、それも悪くない。なんでもいえる。「夜に爪を切ったら親が死ぬ」と触れ回っても犯罪ではない。

さきほどと同じく、個人のエリアへの入場の条件として、ワクチンを接種した人に限る、というのもぎりぎり自由だと思うが、根拠はかなり不明確だと感じる。

専門外の森博嗣の意見を聞きたい、という人には呆れるばかりだ。僕は「全然わからない」に近い。それでも、科学的に考えて、感染を抑制する効果は少ないだろう、とは思った。ワクチンはウィルスが体内に入ってから働きかけるものだから、マスクのように侵入を防ぐものではない。だから、ワクチンを打てば「人にうつさない」「実家へ帰れる」「大勢が打てば集団免疫ができる」と考えるには無理がある。換気をし、テーブルなどをアルコールで拭いているのだ。空気やテーブルよりも、ワクチン接種者の方がずっとウィルスを運ぶ能力がある。現に、ワクチンによって感染者を減らすことはできなかった。

つまり簡単にいえば、ワクチンを打つか打たないかは、その人自身の（発症や重症化の）問題であり、他人（への感染防止）のために打つ効果は小さい、ということ。

大勢に訴えようとする理由は？

マスクもワクチンも、自分はこうです、とだけいえば良い。それなのに、みんなも同じようにしなさい、こうしては駄目だ、しない人は間違っている、と非難し合うのがおかしい。「こうした方が良いと思う」がいえる人は、相当な専門家か、確実なデータを持っている人だけだが、それも、時間の経過に伴って変化するだろう。

さて、僕個人は、人に会う場合はマスクをする。既にワクチンも何度か打った。人と会わない生活なのに何故かというと、予期せぬアクシデントで人と会わなければならない可能性が想定されるからだ。たとえば、事故に遭ったり、病気や怪我をしてしまったりした場合などである。確率は低いけれど、想定はするべきだ。マスクもワクチン接種も、わりと簡単で安価で短時間で済むものだから、デメリットも含め、確率を計算した。その条件は各自で異なるから参考にしないように。

こういうものは、信じる信じないの問題ではない。数パーセントでも危険があれば打つな、数パーセントの危険ならば打つべきだ、のいずれもが、その数パーセントを信じている宗教に見える。縋りたい気持ちはわかるけれど、気持ちがわかっても意味はない。

人に会わない、人と直接話をしない

マスクやワクチンより、人に会わないことが、感染対策として絶対的に効果が大きい。会わないたって簡単な対処なのに、何故か大勢の人たちがこの方法に抵抗しているようだ。会わなくても楽しめて、経済も回せる方法を考えれば良いだけの話ではないか。コミュニケー

第13回 マスクとワクチンはどちらでも良い

緑が生い茂る夏も終わり。毎日小さな鉄道で森の中をぐるりと巡る。一緒に犬が乗ることはあるけれど、いつも一人だ。この楽しい孤独は都会には存在しないものだろう。

ションは、人と直接会わなくても充分に可能だし、大勢で騒ぎたかったら、同じ趣味の人を集めれば良い。子供たちの思い出は、親世代の古いやり方で作ってやるものではない。

この騒動になって、もうすぐ三年になるのに、「コロナさえ収まれば」という神頼みばかり。何故、ここまで固執して抵抗するのか、不思議に思う。いったい何を守りたいのか？　伝統か、それとも趣味か？　それももちろん、悪くはない。単なる「リスク」だ。

いずれにしても、今回の騒動は、「都会」という仕組みに対する課題を突きつけた。その意味で社会的な転換期といえるだろう。大勢を集めて、大勢を電車で移動させ、高層ビルに押し込み仕事をさせる。食事は外食、家には庭もなく、バーベキューもできない。そういった集中管理された社会生産システムは、効率化のために形成されたものだけれど、さて、はたして正しい指向か、という課題である。

僕は、なにも主張するつもりはない。みんなが、自分で考えて、それぞれが好きなように生きれば良い。それができる自由な環境こそが一番大切なものだろう。

第14回 中古品と仕掛け品の人生

材料と部品を工面し工夫する

子供の頃、粗大ゴミ置き場によく遊びにいった。今は、危険なのできっと許されないだろう。壊れたもの、何に使ったのかわからないものなど、見るだけでも楽しかった。

電気屋さんと呼ばれる小売店が当時どこにもあった。店の横には、テレビやラジオなどが廃棄されていた。小学生の僕は電気屋さんと仲良くなり、それらガラクタの中から抵抗やコンデンサなどの電子部品を取り出す許可をもらった。そういった部品でラジオや無線機などを作ることができた。今では信じられないかもしれないが、当時の小学生は、そのくらい「科学技術」に憧(あこが)れていたし、高い技術力を持っていた。

ガラクタは、新しいものを作るための「材料」だった。廃品から取り出すことができ、新たな働きを担う「部品」も数多くあった。

ただ、どうしても買わなくてはいけない材料や部品がある。お小遣いを工面しても、簡単には手に入らない。ずばり欲しいものが高ければ、同じような機能を持つ中古品を探すしかない。融通が利く材料や互換性のある部品を活用し、なんとか作り上げる。このような環境が臨機応変な能力を育む、のかもしれない。

現在は、なんでもずばりの新品が買える。ネットで取り寄せられる。本当に便利になった。しかも、とにかく安い。僕が子供の頃よりもずっと安価なのだ。これは素晴らしいことだけれど、「科学技術」に目を輝かせる子供たちは減っているだろう。

ジャンクに目を輝かせる少年

中学生になると、地下鉄で都心の学校へ通う日々となり、電波科学研究部にも籍を置くことになった。中高一貫の学校だったので、高校生の部員もいるから、先輩たちから教えてもらえる情報がとても貴重だった。

まず、ジャンク屋という店を教えてもらった。繁華街のビルの三階にあって、小さな「〇〇商会」の看板しか出ていない。狭い階段を上っていくと、通路にまで溢(あふ)れるガラクタの山。その多くは米軍の払下げ品を解体したもので、通信機や測定器、あるいは航空機の部品だった。近所の電気屋のガラクタとはレベルが違う。毎日のように通って、そのガラクタの山を掻(か)き分(わ)け、使えそうなものを探した。

一方、この頃になると、新品の無線機などが発売になり、電子パーツ店に飾られていた。それらは、とにかく高かった。完成した製品は数十万円だったから、パーツを集めて自作した方がずっと安い。できるだけジャンクから調達した部品を利用し、どうしても足りないものだけ買っていた。

ちなみに、この頃の無線機よりもはるかに高性能のものが、今では数千円で買えてしまう。また、その当時は「リサイクル」という言葉がまだ普及していない。「廃品再利用」も、マニアックな響きだった。壊れたものは捨ててしまう、そのまま埋めてしまう、という時代だったのだ。ジャンクから新しいものを作るのは、趣味の一つの「価値」でもあった。

ネットオークションでジャンクを買う

さて、社会人になり、自分が自由に使えるお金も増えた。欲しい材料も部品も入手しやすくなり、遠くの店から取り寄せたりしていた。扱う店の存在を知ると、そこまで出かけていくことも日常だった。しかし、この環境が変わったのは、インターネットの出現による。それが、九〇年代の前半だったかと思う。まだスマホなどがない時代だけれど、パソコンが使えれば、世界中どことでもメールを交換でき、珍しいものを取り寄せられるようになった。

ジャンク以外にも、レトロな模型などをしばしば買っていた。こういった品物を取り扱う店ではオークション形式を採用して、ある期間入札を受け付け、一番高い値をつけた人に売っていた。

その後、このオークションが大規模になり、ネットオークションに発展。ここで初めて、ジャンクや骨董品が広範囲な流通路を見出すことになる。

ネットオークションに中古品を出品する場合、品物の保証ができない。だから、あらかじめ「これはジャンクです」と説明するのが一般的になり、「ジャンク」という言葉が広く普及した。今では「ガラクタ」の方が耳にしない言葉になった。

手に入れ損なって悔しい思いをした品々が、オークションに出てくる。そのたびに飛びついて買っていた。それらをおおかた入手し、次には「仕掛け品」なるものに惹かれるようになる。

仕掛け品とは、誰かがやりかけた工作途中の品物のことで、模型を作ろうとした、キットを組もうとした、なにかを改造しようとした、といった半端な状態のガラクタだ。よほどの挫折がないかぎり手放さないのが普通だろう。つまり、それをやりかけた本人が亡くなって放出される場合がほとんど。遺族が「なんだ、これは?」と訝しみ、捨てるのも難しい、少しでも値がつけば、と思って出品する。

庭園内で見上げると、このような光の筋がときどき出現している。落葉を集めてドラム缶で燃やすため、その煙が樹々の間に立ち込めるからだ。十月は落葉掃除に明け暮れる。

かつては、骨董品屋が引き取ったかもしれないが、マニアックすぎて、まず売れることはない。よほどの好き者しか買わない。だが、ネットオークションでは売れる。世界中の大勢が見ているので、一人でも価値を見出す人間がいれば値がつき、ときには高価な商品となる。

仕掛け品の魅力

仕掛け品は、とにかく面白い。遺跡を発掘したような気分になれる。「いったいこの人は何をしようとしていたのだろう?」と考えさせられる。場合によっては、「ここところのネジが違うのは、何故か?」といった謎にも出合う。仕掛け品を引き継ごうした人が亡くなって、再び出品されれば、複数の人が関わった、そんな痕跡(こんせき)が残っている。

工作精度などから、以前の持ち主の力量がわかるし、どのように仕上げようとしていたかも推察できる。履歴を紐解(ひもと)くプロセスが面白い。自分がそれを引き継ぎ、完成させると、また格別の満足が味わえる。「復元」に類似した行為だ。

既に百点以上、仕掛け品を復元した。もう少しで完成のものから、ほとんど手つかずの段階のものまであるけれど、復元の過程で、自分なりのアイデアを盛り込むことも楽しい。

これは、「研究」に近い行為といえる。研究は、新たな問題を解く作業だが、しかし、必ず先人の成果の上でスタートする。否、研究でなくても、人が成そうとする行為は、ほぼ同じだ。なにか関連するものが過去に必ず存在する。過去の人の知見や業績を踏まえ、そこに自分の発想とエネルギィを注ぎ込む、それが「人生」だともいえるだろう。

直接会話をしなくても、先人の足跡を辿（たど）る道では、常に他者との対話がある。「ああ、これはこういうつもりだったのか」「そうか、ここまでは思いついていたんだ」と気づくこともあれば、「何のつもりで？」「単なる勘違いだったのか？」と首を捻（ひね）るときもある。

僕のように引き籠（ひこ）もりで、他者と関わらない人間でさえ、昔の人の知恵を受け継ぎ、足跡から学ぶことで、自分の人生の楽しみを膨らませることができる。孤独を愛していても、「一人だけでは楽しめない」のは、どうやら確からしい。一人で自由に生きているようで、実は人類の歴史にそっと加わっているのだ。

第15回

完成したとき味わえるものとは

作ったものが「完成」するのはいつ？

作家になって、自分の本が世間に出回るようになった。普通の人にはあまりない体験かもしれない。もっとも、最近の電子社会では、個人が発する情報が大勢の目に触れるわけだから、もう特別な体験とはいえなくなっているだろう。

新刊本が完成すると、編集者がわざわざ見本を持って訪ねてきた。担当編集者だけではなく、編集長や、ときには部長という人が会いにきて会食になったりする。この界隈（かいわい）の習慣なのだな、と思ってつき合っていたのだが、いつしか「面倒だから郵送して」とお願いするようになった。何冊も本を出したから新鮮味がない、という理由からではない。

僕にとって、作品が完成するのは、いうまでもなく書き上げた時点だ。このとき、ちょっとした満足感がたしかにある。ただ、小説というのは一冊の本になる長編であっても、せいぜい二十～三十時間で仕上がる仕事量なので、大した感慨はない。シリーズを書き上げたときには、もう少し「やっと終わった」という気持ちになれるけれど、それでも、コーヒーを淹れて溜息をつく程度のことだ。

これに比べると、工作は長時間を要する。機関車や飛行機を一機作ると最低でも百時間はかかる。プラモデルだって、それくらいかかる。完全自作（スクラッチビルド）の機関車になると、千時間は短い方で、その何倍も時間をかけ、数年を要するプロジェクトになるだろう。完成したときには、それ相応の達成感に浸ることができ、しばらくなにも作りたくない、という気持ちと、さて次は何に挑戦しようか、という気持ちが入り混じる。完成とはそういうものだし、ものを作る体験は、人生を構築することのサブセットだと考えている。

ただ、自分が作ったものを人に見せ、反応を得ないと満足が味わえないという人もいる。たとえば、コンテストに作品を出展したりするような場合、他者からの評価の多少で嬉しさや悔しさを味わう。そういった外部評価を得ることが「完成」だと考える人もいる。

考え抜けば、作らなくても完成？

小説でいえば、本を出して、その本が売れることが確認されて初めて、本当の「完成」だという考え方もある。僕には、そういう他者評価はどうでも良い。ビジネスとしては重

要だけれど、自分の満足とは無縁だと考えている。だから、作品が本になっても、またそ

れがベストセラになっても、「完成」を感じることはない。

工作品については、そもそもコンテストや展示会に出展しようとも思わない。人のため

に作っている、という気持ちになりたくないからだ。小説はビジネスだからしかたがない

が、工作は自分の満足のためにしている。この点で、妥協をするつもりはない。

機関車の工作で世界的に有名な平岡幸三(ひらおかこうぞう)氏は、何年もかけて設計図を描かれる。初期に

は、その設計図に従って工作もされていた。しかし、あるときから、図面を描くだけにな

ったという。実際に作る必要がないくらい図面の精度が高くなったからだ。世界中のマニ

アが、彼の図面のとおりに機関車を製作している。図面は手描きのものだが、どんなCG

よりもはるかに美しい（3D図面も多い）。

平岡氏の工作は、図面を描き上げたところで完成する。実際に材料を加工しなくても、

ものを作ることができる。明らかに、これはヴァーチャルの精神といえる。

頭で考えて、こうして、こうすれば実現できる、と考え抜いたとき、既に完成している

のだ。普通は、その考えが隅々まで及ばないから、実際に作ってみないとわからないこと

が多々ある。しかし、熟練してくるほど、あるいは、緻密(ちみつ)に思考するほど、こうした勘違

いは排除され、考えただけで完成の域に達することができる。人間の頭脳とは、それくら

いの能力を持っているのだ。

完成とは幻滅を伴うもの

さらに、ものを作っていて味わう「完成」には、苦い失望感が伴うことも（特に僕には）事実である。ものを作り上げたときは、「やった！」と両手を上げてはしゃぐ場面ではない。なにかしら、期待外れで、残念な箇所が目につき、自分の能力不足に直面しなければならない。もし、そういったことがないとしたら、明らかに「妥協」しているはずだ。完成品の欠点が見出せないようでは、観察と思考の不足は否めない。

完成品の欠点は、作った本人が一番感じているものであり、これがあるからこそ、次の作品に心を向けることができるし、また、この幻滅を感じられるのは、次を作る能力があるということだ。「万歳！」とはしゃぐのは、今がピークであり、もう成長がない人間だからである。

完成時の失望は、けっして悪いものではない。この幻滅を味わうために作ったともいえる。多くの場合、それを作っている途中から、既に半分は諦めていて、次に懸けようという気持ちにシフトしているはずだ。したがって、完成したときには、「ようやく次作に取りかかれる」とほっとする。僕が、人に見せる気がない、本になっても嬉しくない、と感じるのはこのためである。

完成したときの達成感は、自分が感じ、自分を省み、さらに自分を激励する。他者に感じさせ、他者から褒められることに価値を見出すのは、いかにもビジネス的な感覚だ。もちろん、全然悪くはない。人のために生きているという聖人みたいな人には向いているだろう。僕はそうではない、というだけのこと。

みんな、何を作っているのだろう？

美味しいものを食べて満足する。これが美食の価値である。写真を撮って、自分が食べたものを人に見せるのは、ビジネスのＣＭと同じ行為だ。政治家だったら、票を集めることがビジネスだし、芸能人も人気を得ることがビジネスだから、他者に訴えかけようとするし、しかもそれが楽しいように見せかける。笑顔で、「皆さんに喜んでいただければ、それで充分です」と語るだろう。

僕の場合、票を集める必要もないし、作家としての人気ももういらない。ビジネス的には充分な報酬をいただいたので、既に満足している。

美味しいものを食べれば嬉しいし、美しいものを見れば感激する。誰か他の人に評価してもらう必要はない。

僕は、ｉＰｈｏｎｅが登場したとき、誰よりも早く購入した。その後、二回新しいモデ

庭園内の針葉樹の森林。木造橋を渡るレールカー。この車両は、内部に乗り込み、屋根上のキューポラから外を見て運転するデザイン、欠伸（あくび）軽便鉄道の二十六号機。

ルを買ったが、現在はｉＰｈｏｎｅ7のまま機種変更していない。ドライブに出かけるときだけ携帯するけれど、それ以外はモニタを見ることも、スイッチを入れることもない。いらないアイテムになってしまった。

デジカメでは最低の解像度で撮影している。余計なデータを残さないためだ。ネットにアップしたら、その場で削除。ちなみに、ｉＰｈｏｎｅのカメラ機能は使わない。

いつの間にか、世間の人々は、見たいもの、食べたいもの、行きたいところへレンズを向けるようになった。いったい何を作っているのだろう？　何を完成させようとしているのだろう？　どんな満足を得たいのだろう？　皮肉で書いているのではない。僕にはわからないから、問いたいだけである。

第16回 思いって、作るものなの？

「思い出」って何かな、と思い出してみる

家族旅行や修学旅行が難しい時期があったためか、「子供たちの思い出作りができない」とおっしゃっている人たちが沢山いた（あるいは、沢山いるように報道されていた）。そうなのか、旅行というのは思い出を作るためにするものなのか、と目から鱗（うろこ）が落ちた（目に鱗がある動物って、知らないけれど、聖書が語源だとか）。

そんなわけで、無理に自分の過去を振り返り、旅行の思い出を書こうかな、と考えたのだが、これといって特別な思い出がないことを再認識した。海外へ二十カ国くらいは行ったけれど、特に印象深い経験はない。せいぜい、「なるほど」くらいの感じだった。つまり、予備知識から想像したとおりのものがそこにあった。

子供の頃の旅行など、ほとんど覚えていないが、北陸の永平寺（えいへいじ）へ連れていってもらったときの、電車の乗換えシーンが思い出深いし、奈良のドリームランドへ連れていってもら

ったときは、名神高速道路でオーバヒートして停まっているクルマが多かったこととか、潜水艦が池の底にある線路を走っていたこととか、を覚えているだけだ。

子供の頃や若い頃の思い出として鮮明なのは、自分一人でなにかに打ち込んでいる場面、新しい発想があったとき、難しい問題が解決しかけた瞬間、などの記憶が今でも蘇る。旅行なんかよりもずっと思い出として強烈である。

「思い出を作る」なんていっているけれど、それは観光業のありがちな宣伝文句では？　そもそも思い出は、その時点に作るものではない。のちのちになって、思い出しているうちに、何度も頭に蘇るシーンのことで、もし「作って」いるとしたら、その事象よりずっと未来になってから、思考によって処理された結果だろう。

思い出は楽しいものばかりではない。なにかに苦労することも、苦しんだことも、あとになって、あのとき頑張ったから今がある、と思い出すわけで、楽しみは未来にある。そのためには、今は我慢をした方が楽しい思いへとつながる可能性が高い。

アリバイを買う人たち

とはいえ、未来になって思い出すために、今を生きているのではない。今が楽しいから生きている。違うだろうか？

なにかの拍子に、ふと「そういえば、あのとき」と思い出すものはあるけれど、だいたいは、いつか読んだ本の内容であったり、工作をしている途中に気づいたことだったり、あるいは、犬がまだ小さかったときのことだったりする。いずれも特別な場所ではないし、特別な時間でもない。身近な場所での日常のシーンだ。このような「思い出」は、お金をかけて「思い出を作ろう！」と意気込んで記憶に刻んだものではないはず。

頭の中には、沢山の記憶の引出しがある。これまで生きてきた時間、蓄積され続けている。ただ、多くは仕舞われたまま、二度と開けられることがない引出しだ。そういうものが、ちょっとしたきっかけで思い浮かぶのは、なんらかのリンクがあるためで、そのリンクとは、似たもの、同じような雰囲気、どこかで見たような、なにか関係がありそうな、といったぼんやりとした、摑みどころのない細い糸によって結ばれている。それが、蜘蛛の糸に触れたように感じられ、気になり、しばらく息を止めて考えるうちに、蘇ってくる。「思い出す」とは、本来そういうものだろう、と僕は思っている。

一所懸命写真を撮って、この日時に、この場所に自分はいました。誰某と一緒でした、といった作られた思い出というのは、ずばりいうと、「アリバイ」だ。商売に煽られて買わされている思い出は、「あなたは孤独なのではありませんか？」と刑事に追及されたときに、「そんなはずはない、この写真を見て下さい」と提示するためのアリバイである。

もちろん、全然悪くない。アリバイ作りが趣味の人はとても多い。よほど、身の潔白を主張したいのだな、とＳＮＳで神経を磨り減らす人たちを見ていると微笑ましい。

ドイツの街を夜歩いた思い出

ドイツで国際会議に出席したとき、レセプションのパーティで、日本から一緒に来た教授と院生が、途中で帰るといいだした。二人はともにアルコールを期待していたのだが、スピーチの時間が長く、一時間もテーブルで我慢させられたためだ。会場に入るまえに食前酒が一杯配られ、それを飲んだのがいけなかったようだ。一杯だけ飲んで、そのあとなにも飲めない時間が、ビール党の彼らには耐えられなかった。二人は会場を抜け出し、どこかへ飲みにいく、と去っていった。

僕は残った。そのあと食事が出るわけだし、隣に有名な大学の学長が座っていて、言葉は少ないものの、貴重な情報を交換できたからだ。結局、パーティが終わったあと、この学長と二人で会場を出た。彼も同じホテルに泊まっていたので、夜道を一キロほど一緒に歩いた。これが、ドイツで一番よく思い出すシーンである。

ビールを飲んで気持ち良くなりたい人たちもいるし、そういう思い出もあるだろう。人それぞれ、自分にとっての思い出がある。思い出は、その人の生き方に結集する。思い出は、誰かが用意していて、そこから選ぶようなものではない。パンフレットの写真から見

第16回
思い出って、
作るものなの？

昨年伐採した樹の切株と
フクロウのフィギュア。
フクロウは本物も見かけ
るが、カメラで撮影した
ことは一度もない。

つけるのではなく、ショーケースに並んでいるわけでもない。そもそも、探して見つけ出すものでもない。なんとなく、自分の生き方を続けているうちに、自然に、そしていつの間にか、自分だけの引出しに仕舞われるものなのだ。

しっかりと思い出せなくても良い

人間の記憶というのは、カメラやビデオで記録した情報に比較すると、極めてあやふやなものであることは、誰もが知っているし、重々実感しているだろう。つい昨日のことでさえ、思い出せないことは多い。「忘れてしまった」と表現されるけれど、実は最初から頭に入っていない。つまり、記憶していない。見ているようで見ていないし、聞いているようで聞いていない。逆に、思い出せなくても、記憶に刻まれていることもある。

僕の経験では、次のようなことがあった。気がついたらデジカメがどこにもない。家中を探し回ったが見つからない。庭で落とした可能性もあって、歩き回って捜索した。しかし見つからない。出かけていないので、敷地内にはあるはずだ。どこに置いたのだろう。自分の行動を頭の中でリプレィし、その経路を辿(たど)った。

夜になって、このリプレィを繰り返しているうちに、ある音が蘇ってきた。庭園鉄道を運転しているとき、聞きなれない金属音が鳴り、後ろを振り返ったのだ。そのときは、なにも異状がなかったから、そのまま走り続けた。

懐中電灯を持って、その音を聞いた場所へ行った。線路が高架になっている場所だったが、その線路の下にデジカメが落ちていた。ポケットから落ちたときの音を聞いていたのだ。

デジカメを置いた記憶もないし、落ちているところを見た記憶もない。しかし、落ちたときの音を覚えていたのだ。頭に小型カメラを装備して撮影していたとしても、直接の証拠は発見できなかったはずだ。つまり、ＡＩには見つけられない。しかし、人間の頭脳は、音から連想して、記憶を蘇らせる。

カメラのレンズを向ける行為で、自分の頭の記憶能力が確実に衰えることを、多少は気にした方がよろしいでしょう。

第17回

言葉を覚えて知ったつもりになる

固有名詞を記憶できない人

僕のことである。人の名前をまったく覚えられない。親しい人の名前も思い出せないことがある。また、地名も全然駄目だ。その場所が地理的にどこにあって、どのような環境なのか、あるいはその場所の絵なら描ける。でも、地名は記憶していない。

歳を取ったからではない。子供の頃から、ずっとそうだった。だから、社会のテストが一番苦手。問われているものの大半が固有名詞だったからだ。文字を読むことが遅いのも、同じ問題かもしれない。僕の頭の問題としてずっと抱えている。

固有名詞を思い出せなくても、ぼんやりとしたイメージならば覚えている。二文字で、前の漢字は画数が多いとか、なんとなく、全体に不揃いな図形の文字列だったとか、あるいは、発音したときのリズムがツートントンだったとか、そんなことなら思い出せる。

僕をよく知っている人なら、田中さんと加藤さんを呼び間違えたり、清水さんと斉藤さんを区別できなかったりするのも知っているはず。僕だけが紛（まぎ）らわしく感じる名前の組合わせがある。多くの人たちが、固有名詞をずばり記憶できることが不思議でならない。

普段の僕が会話をするのは、奥様（あえて敬称）のスバル氏だが、彼女は固有名詞で物事を記憶している。彼女から店の名前をいわれたり、お菓子の名前をいわれたりすると、僕はそれがどこなのか、どんな味なのか、と尋（たず）ねる羽目になり、「このまえ行ったじゃない」「いつも食べているじゃない」と眉（まゆ）を顰（ひそ）められる。逆に、彼女はその店がどの方角にあるのか指差すことができないし、お菓子の包装の模様が思い出せないのだ。

映像記憶していることは確からしいけれど、スバル氏はイラストレータだし絵を描くことが趣味だ。ただ、彼女は現物を見ないと絵が描けないが、極めて写実的。僕は現物を見て描いても、見ずに描いても、ほぼ同じ絵で、必ずデフォルメした絵になる。

言葉で記憶すること

たとえば、「7は孤独な数字」というフレーズが、ある小説で登場するのだが、この作品を読んだ多くの人たちが、何故7が孤独なのか、という理由を思い出せない。その作品には理由が書かれているのに、その理屈を忘れるためか、あるいは理解できないためか、説明ができないらしい。

これは、「孤独」という言葉を記憶して、その理由を忘れている証拠だ。なにをもって孤独だと表現されたのか、どのような状況を孤独だと指摘しているのか、といったディテールを記憶せず、「孤独」という言葉だけを記憶に留めることで、メモリィ容量、つまり情報量の節約をしている。言葉、すなわち記号とは、このような合理化、最適化を促す。「7」が「孤独」という二つの言葉をリンクさせて記憶するだけで、もう忘れない。そのかわり、何故7なのか、どういう意味で孤独なのか、という理屈が消去される。

一方、この命題の本質である数学的な理屈を理解した人は、十進法の自然数や約数などの組合わせなどから、7だけが特殊であり、仲間外れであることを覚え、「孤独」だったかどうかは問題でなく、「7は特別だ」といったイメージを記憶する。その特殊性を「孤独」と表現した部分に文学性を感じるかもしれないが、同時に違和感も抱くだろう。

カラスという鳥を知っている人は、ただ「黒い鳥」という言葉を記憶しているだけかもしれない。カラスがどんな姿の鳥なのか、絵を描いてみよう。その絵を（黒く塗らずに）人に見せ、カラスだと伝えることができるだろうか？

また、言語が異なる国では、「カラス」も「黒」も通じない。そうなったとき、「カラスを知っている人」といえるだろうか？

このように、言葉を覚えて、知ったつもりになるのは、子供の頃のテストが原因かもしれない。テストで点が取れることが「知識」だ、と認識している人もきっと多い。

とにかく、言葉を覚える、ときには語呂合わせや歌にして記憶する。繰り返し暗唱させる教育は、大部分の人には有効かもしれないが、僕にはむしろマイナスだった。まったく、意味を成さないからだ。たとえば、僕は「九九」が今でもすらすらといえない。暗算は誰よりも早かったけれど、記号を意味もなく記憶することを強いられるのが、子供の頃、大変な苦痛だった。

フォーカスを合わせない捉え方

一般に、抽象的よりも具体的なものが求められる。抽象的なものは、ぼんやりとして、はっきりしない。人に説明するときや、なにかを主張するときには、具体的でなければならない、とされている。

写真は、ピントが合っていなければならない。見せたいものに対して、焦点を合わせた画像が必要だ。しかし、あるものに焦点を合わせることで、その周辺の全体像は逆にぼんやりと霞んでしまう。見たいものだけにフォーカスすることは、その対象がどんな環境にあって、周囲とどう関係するのか、別の視点からはどう見えるのか、という数々の情報を消し去る。

具体的な情報は、ずばりその条件だけでなら役立つかもしれないが、それに似たもの、少し違う条件への展開がしにくい。逆に、全体像を客観的に捉えた知見は、適用できる範囲を広げてくれるし、立場の違う場合にも有用な情報となりうる。

同じような意味で、「俯瞰」という表現がある。高い位置からの観察を意味する。地面で活動していても、人間は空から全体を眺める目を持っているのだ。

事象を客観的に捉えるには、ぼんやりと全体を感じることが大切だ。客観的に捉えると、自身を離れ、いろいろな立場から物事を考えられる。すると、他者がどのように感じ、むこうはこちらをどう見ているのか、という高い視点が生まれる。

相手の立場になって考えることができるのは人間だけだ。これが、「気持ち」という言葉を生んだのだと思われる。もし、自分だけのことしか考えられないのなら、気持ちという言葉は、ほとんど意味を成さない。

道はどこまでも続いている

秋といえば行楽のシーズンだろうか。僕の庭は年中行楽シーズンである。ただ、ここ数日で二千キロほどのドライブに出かけた。スバル氏と犬一匹が一緒だった。

人混みへは行かない。誰もいない場所が好きだ。人気のなさそうなところ、誰も注目しないところへ行く。そして、写真など撮らない。レポータではないのだから。

第17回
言葉を覚えて知ったつもりになる

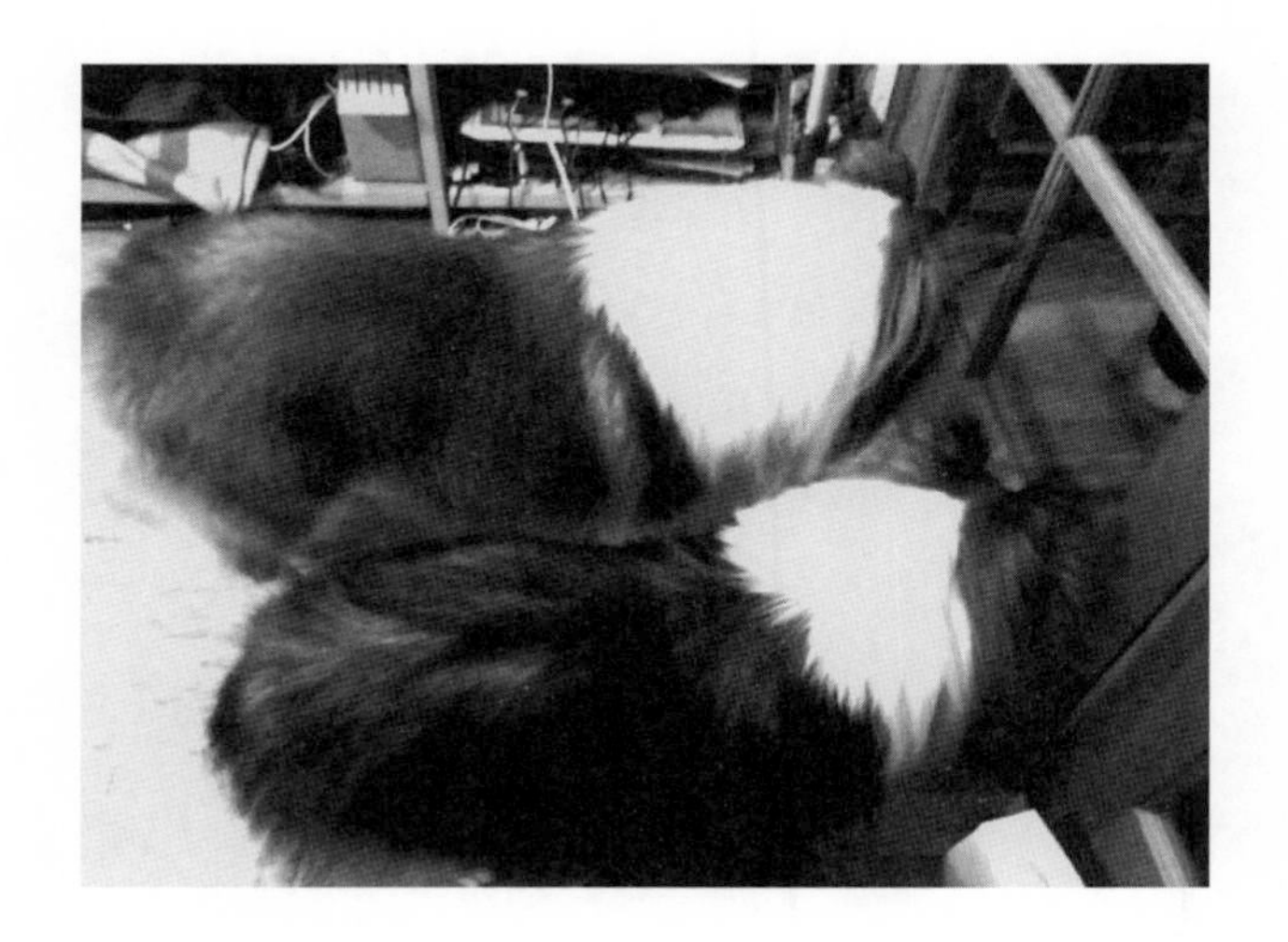

書斎にいる二匹。ガラス戸を開けてほしい様子。首の周囲が白くマフラのようになっている。右が前、左が後ろ、とわからないかもしれない。

なにが楽しいかというと、移動していること自体が面白い。風景がどんどん変化するし、空気も変わる。この道はどこへ行くのか、と好奇心をそそられる。道は滅多なことで行き止まりにはならない。

道中、スバル氏と久しぶりにいろいろ話ができた。同じ家に住んでいても、普段はほとんど会話がないので、彼女の近況が少しわかった。犬は、新しい場所がそれほど好きではない。連れていったのは一番若い一匹で好奇心旺盛なのだが、それでも毎日同じことがしたいのが、人間以外の動物の習性だ。人間も歳を取ると、だいたいこの傾向が強くなるように観察される。

同じことをしていても、毎日違うことを考えられる頭を持っていたい。非日常の行動はさほど必要ではない。思考はいつでも自由に非日常に飛び込める。

第18回 「人間が描けている」という幻想

デビュー作は散々だった

前回、さりげなくあからさまに小説のことを書いてしまった。「筆が滑った」というのか。リンクを滑るようにすうっと書きたいもの。すらすらよりも速そうな感じだ。

さて、『すべてがFになる』は、今（二〇二二年）から二十七年まえの今頃（一九九五年十一月）に書いた作品で、古いにもかかわらず、まだよく売れている。「衝撃のデビュー作」などといわれるけれど、そんなことは全然なかった。当時よりも今の方が売れているし、今の方が話題にもなっている。

刊行当時は、さして評判にならず、ましてベストセラでもなく、ベストテンにも入らず、もちろん「このミス」にも選ばれていない。評価は散々で、「こんなのミステリィじゃない」「人間が描けていない」などといわれた。ありがたいお言葉であり、思わずほくそ笑んでしまった。

恨めしく思っているわけではなく、皮肉でもない。僕は、このような酷評が大好きだし、承認願望も皆無。逆に褒められると、きっとなにか下心があるのだろう、と警戒する。おかげで、詐欺の類に引っかかったことはない。

ミステリィでありがちなのは、死体を見た程度で悲鳴を上げて騒ぐ人、不思議なことに憤り「どうなっているんだ！」と叫ぶ人、危ない場面なのに一人集団から離れようとする人、探偵の助手にしてはかなり頭の悪い人、刑事にしてはあまりにも頭の悪い人、何年も動機を隠して殺人を計画的に実行する人格、犯人が自白しただけで事件が解決したと安堵する人たち、身近で殺人が繰り返されるのに全然防げない人たち、などである。

いずれも、現実にはありえない人々だけれど、おそらく、こういうのを「人間が描けている」と総称するのだろう。そういう変な人もいるにはいる。だが、異様に芝居がかっているし、伝統芸能っぽい。べつに悪くはない。趣味は自由だ。

『F』は、少しずつ売れるようになった。ドラマ化やアニメ化したのは、実に刊行してから十九年めと、二十年めのこと。現在累計九十五万部くらい売れている。きっと、人間が描けていなくても許される時代になったのだろう。また、この作品には、「ミステリィに恋愛を持ち込むのは邪道だ」との批判もあったが、その後、ほとんどの作品で恋愛を大袈裟に持ち込むようになったように観察される。

文学というのは何を描くのか？

描くのは、もちろん「人間」だろう。そうでなければ「社会」かもしれない。公開できない隠したい個人的な心理を描くのが、本来かもしれない。ハッピィなものは論外で、だいたいは悲しい、憎らしい、醜い、虚しい、寂しい、苦しい、といったストレスが描かれる。そういう部分に切り込んだ作品が良しとされているし、「人間が描けている」と評されるのだろう、と想像。

でも、世の中、そんな人間ばかりではない。自分をコントロールし、信念を持ち、人に迷惑をかけず、少しずつ小さな自由や幸せを築くタイプの人も多い。我慢や苦労を重ね、平穏な日々を送っている。そういう人なら、馬鹿な真似はしないし、奇声を上げて騒いだりしないし、どんな仕事に就いても冷静な判断をし、人望を集めるだろう。このような人はけっして珍しくない。「そんな立派な人ばかりではない」とおっしゃるかもしれないけれど、割合として少数ではないという意味。

そして、そんな平穏な人たちをリアルに描いても、「人間が描けていない」とたぶん酷評されてしまう。小説は、報道と同様に奇異なものを取り上げなければならないのか？

もちろん、エンタテインメントなのだから、奇抜さが必要であり、非常識なものをあえて扱うことも理にかなっているとは思う。しかし、だからといって、それが当たり前で、そうでないものを排除するのは、一辺倒ではないか。

反骨精神のようなものを描いたり、権力に一人立ち向かうキャラクタを描いたりする場合も一般的だ。多くは誇張され、美化され、そしてなによりも、人間味溢れる印象を付加しようとする。そう、それが「人間味」という添加物なのだ。現実の世界に生きる人に、はたして人間味はあるのだろうか？　僕なんかは、全然人間味がない、と自覚しています、はい。

祭や儀式が普通の状況ではない

たとえば、伝統の祭や、古式床しい儀式を思い浮かべてもらいたい。どうして、あんなにゆっくり動くのか、何故あんな不思議なファッションで、おかしな声を出すのか、と知らない人、たとえば外国人が見たら思うはずだ。日本という国は、今でもそんなことをしているのか、と誤解するかもしれない。

これと同じことが、ほとんどの文化に染み込んでいる。たとえば、ミステリィであれば、ミステリィの儀式がある。死体が発見されたら誰かが悲鳴を上げ、雷が鳴り、電話が通じなくなる。警察が到着しても探偵に理解を示さず、頓珍漢な捜査をする。それが、お

この時期は、毎日五時間ほど庭の落葉掃除をしている。落葉を除去すると、地面が苔(こけ)に覆(おお)われて綺麗なグリーンになるから。庭園鉄道では、線路上の落葉を吹き飛ばす専用車両が運行する。

決まりのコードであり伝統なのだ。

そもそも、「探偵」という存在が、非現実的である。だが、獅子舞やナマハゲのように、なくてはならないアイドルなのだ。日本古来の伝統芸といっても良い。ちなみに、「探偵」という英語がないのをご存じだろうか？　ディテクティブもインスペクタも、警察の役職（つまり刑事）である。

さらに、なによりも不思議なのは、ミステリィの世界には「真実」なるものが存在することだ。ここまでくると、一種の宗教といえる。

というわけで、ミステリィで人間をリアルに描くことは不可能だ、といっても過言ではない。僕は自分をミステリィ作家だとは認識していないが、そのように紹介されることはある。ミステリィにぎりぎり類する作品も少ないが幾つか書いた。そんな作家が「不可能だ」と書いているのだから、少しは信用してもらいたい。否、信用してもらっても、特に嬉しいわけではないけれど。

儀式はマニアックになりがち

ＳＦっぽい作品も幾つか書いたことがある。この「ＳＦ」も人によって認識が大きく異なる。ミステリィもＳＦも、「これはミステリィではない」「ＳＦとはいえない」と批評する人が少なからずいらっしゃる。その人の定義から外れている、という意味だが、それだけではない。ミステリィファンやSFファンには「おすすめできない作品だ」という気持ちが込められていて、排他的な集団を目指し、ファンを限定したい心理だろう。

いうまでもなく、このような排他性が、当該ジャンルを衰退させる。ファンとは囲う者である、という人もいる。広く多数のファンよりも、コアで少数のファンの方が好ましい、との考えは、スペシャル指向の現代においては一理、いや一利ある。

マイナでスペシャルなものがこれからは受けるだろう、と考えて二十七年まえに書いた作品は、当時のジェネラルでメジャな社会には認められなかった。二十年後くらいから、ようやくマイナ指向の社会にシフトし、同時に日本もマイナでジリ貧の国になってしまった。みんなが望んでいたことだから、これでよろしいのではないか、と僕は思っている。

ここ三週間ほど、毎日一時間も仕事をして、久しぶりに小説を一作書き上げた（来年出ます）。小説の執筆は一年振りくらいかな。もう数年、小説を一冊も読んでいない。自分の作品はなおさら読みたくないから、ゲラ校正は修行だと思って臨んでいる。いまだ悟り（さと）は開けない。

第19回

「科学的に確かめられた」とは？

医者に「死にますよ」といわれたら？

「このまま放っておくと、死にますよ」と医者にいわれたら、誰でもどきっとするだろう。でも、冷静になって考えたら、誰でも例外なく、いつかは死ぬのだから、医者の発言は正しいし、科学的根拠がある。したがってこの場合、「はい、承知しています」と返答しても、叱られることはない。僕は、このような素直な返答をついしてしまうので、周囲からいつも「非常識だ」と睨（にら）まれている。

どうして皆さんは、「死にますよ」といわれて、驚くのだろうか？　そちらの方がおかしいのでは？　もし、自分は死なないと思っているのなら、それこそ問題では？　僕はそういう人の方が非常識だと思う、言葉を言葉どおりに解釈する素直な人間なので。

さて、この場合、人間は誰しも必ず死ぬ、という観察に基づいている。死ななかった人が、古今東西どこを探しても今のところ見つかっていない。また、人間だけでなく、他の生きものにも、細胞などの組織にも、「いずれ死ぬ」傾向が観察されている。自然界全体のメカニズムからも「確からしい」といえ、得られている多くの知見とも矛盾がない。こういった総合的な観点からの判断を、「科学的」といっている。

薬を飲んだら治った、だけで効く薬といえるか？

ある薬を飲んだ直後に死亡した人がいたとしよう。この事実から、その薬が危険だといえるだろうか？　同じ薬を飲んでも、死ななかった人たちが何万人もいるなら、「一人だけではなんともいえない」といった結論になるだろうか？

ある薬を飲んだら、病気の症状が軽くなった、という事例が、同じ薬を飲んだ人のほとんどで観察された場合、その薬は「効果がある」といって良いだろうか？

科学的に考察したいのなら、その薬を飲まなかった人の調査も必要だ。何故なら、なにも飲まなくても、一週間くらいで治る病気かもしれない。風邪という病気はたいてい、それくらいで治るものなので、薬の効果だけで治癒している、とはいえないだろう。

さらに、薬を飲んだ人と飲まなかった人の両方を観察して比較したとしても、結論を出すには早い。別の時期に同じ調査をした場合に異なる結果となる可能性がある。生きものというのは常に変化しているし、環境からもさまざま影響を受ける。そういった点も考慮してデータを比較する必要があるだろう。

世の中には、「AをしたからBが増加した」といった調査結果を基に、「AはBを増加させる効果がある」と結論づける論調が非常に多い。だが、Aをしなかったら、Bはもっと増加していたかもしれない。AはBの増加を抑制した可能性だってある。

人間の健康もそうだし、経済の動向もそうだが、「Aをした場合」と「Aをしなかった場合」を同時に試すことができない。同条件では、どちらか一方しか観察できないから、本当はどんな効果が表れるのか、判断が難しい。

人間は大勢いるから、多数のデータを揃えることができるけれど、日本経済は一つしかないわけで、せいぜい別の時期か、あるいは他国と比較するくらいのことしかできない。「消費税を上げたから不況になった」なども、消費税を上げなくても不況になったかもしれない。社会を二分割し、同時に二つの条件を試さないかぎり、影響を正確に調べることはできない。

科学的な検証には三つの方法がある

大学で研究をしていた頃、原因と結果を関連づける「証明」には、主に三つの方法があった。一つは、理論的な証明。これは、物理法則や既に確かめられている経験則などの数式を展開して傾向を導く。二つめは、実験的な証明。これは一般の人にもわかりやすい。実際に試してみて、傾向を観察する。三つめは、コンピュータを用いる新しい方法で、なにかの仮説を基に、いろいろな数値を代入し、計算結果を比較検討する、という数値解析的な証明である。これら、理論、実験、解析の三つの方法を駆使して、ある要因がどのような効果を生じさせるのか、を調べていた。

一般の人は、「科学的」という言葉を聞くと、だいたいは「実験的」とイメージされるようだ。「科学的なエビデンスはあるのか？」と問われると、実際に行われた実験や調査の結果を示せ、というような意味に受け取る人が多い（実験と統計は本当は区別すべきだが、実現象を観察することでは同じ）。実験だけではなく、理屈を構築し、理論やシミュレーションでもその傾向を裏づけることが大切。つまり、「薬が効く」という実証だけでは不充分で、何故効くのか、という理屈があった方が説得力が増す。

判断の基準となる証拠とは

あなたが、ある薬を飲んだら体重が減った、という体験をした（事象が観察された）とき、その薬を「減量効果がある」と認めて良いだろうか？

自分で確かめたからまちがいない。「他の人は認めなくても私は認める」と主張するのは妥当だろうか？　たしかに、自分が選択する基準になる証拠としては、これで充分かもしれない。

自分一人では不安だからと、友達にも試してもらって、みんなが同じように痩せたら、少し確からしいといえるだろう。十人試して、十人に効果があったら、認めても良いだろうか？

人に薦める場合は、データが多い方が少し「確からしい証拠」となる。だが、自分がどうするかを決めるなら、自分一人で試したのと、友達十人に試してもらった場合で、どちらが信頼できるかといえば、やはり自分一人の方だろう。数が多いデータが、自分で効果が得られる確率を必ずしも上げるわけではない。

人の意見、人の経験は、自分に当てはまるか？

判断や方法などについて、他者の意見や経験などを参考にすることが多い。だが、ちょっと考えればわかることだが、条件が違いすぎる。なんとなく、成功した人の方法を採用すれば、自分も成功できるような気になるけれど、自分はそもそも成功する人かどうか、という点で疑問を持った方が良いだろう。

成功した人は、その人なりの方法を採用したから成功した。あなたは、その方法より

スバル氏（奥様、あえて敬称）のアトリエで撮影。温室のような木造のサンルームで、アンティークの木馬やステンドグラスの作品が並ぶ。

も、むしろ自分なりの方法を考えた方が、成功確率が高くなるのでは？

「自分なり」というのは、自分を知っている人にしかわからない。つまり、あなたの方法は、あなたにしかわからない。

逆に、失敗するような方法は、かなり役に立つ。失敗した人の経験を聞いて、同じ失敗をしないように注意をすることは有意義だ。もし、「私はそんな失敗はしない」という自信があるなら、それを確認できる小さな効果がある。

結論と呼べるものはないが、ようは「安易に人の意見やデータに飛びつくな」ということ。どのような条件で観測されたものかを、いつも疑ってみるのがよろしい。それが「科学的」な立場というものである。

庭園の落葉掃除が終了し、夜間に光るイルミネーションを方々に仕掛けている。夕食後に、犬たちと庭に出て十分ほど楽しむだけで、家族以外に見る人はいない。クリスマスは、ケーキを食べるくらい。

第20回　褒めるか、叱るか、それが問題なの？

褒めても叱っても、人は育つ

僕が子供の頃のドラマや漫画では、「スポーツ根性もの」というジャンルがあった。そこに登場する「名コーチ」は、例外なく「鬼コーチ」だった。選手たちは、いつも叱られ、罵（ののし）られ、苦しみ、涙を流す。それでも、「負けないぞ！」というのが、「根性」だった、と僕は理解している。さて、今はどうなのだろうか？

そんな「鬼コーチ」は、パワハラで訴えられるはず。世の中、とにかく褒（ほ）めて、褒めて、褒めちぎる、というのが「教育」「指導」の手法となったようだ。僕は当事者ではないから、べつにかまわない。

僕は、自分の子供を褒めて育てなかった。きっちり叱った。ただ、もちろん暴力は振るっていない。怒った振りをしたから、子供たちは萎縮しただろう。二人しか育てていないので、良かったのか悪かったのかを判断するにはサンプル数が少なすぎる。でも、二人ともとても良い子だったし、立派な大人になった。僕は今、二人を尊敬している。

犬を数匹飼った。叱って育てた場合と褒めて育てた場合を比較すると、叱った方がお利口な犬になった。危険なときに、「待て！」と止めることができるので、犬の安全にもつながる。褒めて育てた子は、いうことを聞かないけれど、もちろん可愛い。どちらが良いか悪いかは、わからない。もともと持って生まれた性格や能力の差もあるだろう。

はっきりしていることは、褒めても叱っても、子供も犬も、それなりに育つ、ということだ。どのように育てたかはさほど影響しない、と僕は考えている。褒めても叱っても、その子が持っている能力が育つし、むしろその子の周囲の仲間たちから受けるものの方が、育て方よりも影響が大きいことが、科学的にも証明されている。

とはいえ、僕はこのような「教育論」に興味を持てない。どちらだって良い。親は、子供の安全を守ることが第一の使命、というだけだ。

世の中を褒める方法

世の中のルールというのは、現代では法律で定められている。法律では、してはいけないことが決められていて、それをしてしまった人には罰を与える。つまり、「叱る」ことで人々をコントロールするシステムだ。法律には、「良い行い」は規定されていないし、また良いことをしても、褒美を与えるような規定もない。例外的に、ほんの一部に賞状や勲章が授与される程度。叱るのに比べたら微々たるものだ。

「こうしてほしい」という政府や役所の希望は、言葉で伝えるしかない。いわゆる「スローガン」というものになる。せいぜい、ポスタや看板で広められる程度で、それを見ても、誰も「褒められた」とか、「褒められたい」とは思わないだろう。

政府が目指す方向に一致するような行為には、「補助金」なるものが出る。以前は「免税や控除」が多かった。税金が減るので、補助金と同じ。安売りとポイント還元の関係に似ている。

近頃では、これがエスカレートして、「助成金」なるものが流行りだした。ほぼ全員に金を配るという行為で、これを揶揄する人たちは「ばらまき」などと形容している。

褒めて育てる時代だから、政治も同じ潮流に乗ろうとしているのかもしれない。助成金をもらって「褒められた」と感じる人はいないと思うけれど、悪い気持ちにはならないだろう。でも、それで社会が良い方向へ「育つ」とは思えない。

税金を集めるのにも四苦八苦なのに、せっかく集めた金を、簡単にばらまいてしまうのは、借金で首が回らない家のドラ息子が、街で金をばらまいている光景を連想させる。近所では一時的に喜ばれるものの、「馬鹿なことを」という声は静まらないだろう。

褒めるか叱るかで、人はどう変わる？

叱る指導をした場合、良い子は真面目なままになり、悪い子は叱られないように隠れようとする。だいたい、現在の社会はこれだろう。良い人も、あまりふざけた真似はできない。悪い人だと間違われたくないからだ。本当に悪い人は、隠れるしかない。悪事は隠れてしないと、捕まってしまい、結果として自由が奪われる。

褒める指導をした場合、良い子は自己アピールするようになり、悪い子はそんな偽善のやり取りに嫌気がさし、不貞腐（ふてくさ）れるだろう。現在の社会は、少しこの傾向が出てきている。特にネット社会では「いいね」が横行するためか、さらにこの傾向が強いようだ。

こんな感動的なシーンがあった、これは心温まる、などといったドラマをアピールする人が多い。善行は報われる、悪行は必ず裁かれる、といった勧善懲悪（かんぜんちょうあく）のドラマである。いかにも、それは「ドラマ」であり、現実と乖離（かいり）しているはずだが、それでも大勢がそのストーリィに縋（すが）っている。ヴァーチャルのドラマで憂（う）さ晴らししているかのようだ。

一方、そんな「ドラマ」が鼻持ちならない、と感じる人もいるだろう。こういう人は不貞腐れるしかない。「不貞腐れる」というのは、不満があってやけになる振舞いをすること。どうせ、自分は褒められない人間だ、と諦（あきら）める。

動ひずみ計。大学のとき実験で使っていて、たしか二百万円くらいした機器。最近になってオークションで中古品が五千円で出ていたので購入。ジャイロモノレールの実験などで使っているが、スペックが高すぎる。

つまり、叱ると、真面目な人と隠れる人になり、褒めると、自己アピールする人と不貞腐れる人になる。さて、どちらが良いだろうか？

僕は、褒めた方が良いとか、叱った方が良いとか、どちらにしろといいたいのではない。褒めるときと叱るときが当然あるだろうから、そのときどきで、褒めて、そして叱れば良い。それが自然だと思う。最初から「褒めて育てよう」なんて方針を決めるのは不自然だ。

ただ、褒めることは、叱ることよりも簡単で気持ちが良いので、指導する側からすると「容易な方法」といえるだろう。叱ることは、難しい。特に、怒らずに叱ることは非常に難しい。褒めることも叱ることも、どちらも適切にできる人が指導者（あるいは親）に向いている。

褒めるも叱るも期待ゆえのこと

大学で若者の指導をする仕事に就いていた。僕は、学生を褒めたり叱ったりしたことがない、と自分では認識している。幸い、理系の学問分野だったから、その人物の学問に対する姿勢などを問題にする必要がなかった。ただ、出てきた結果を見て、その結果が満足できるものか、それとも現段階ではまだ不足しているのか、を指摘するだけ。すなわち、結果を評価するだけで、その結果を出した人物は評価とは無関係だと考えていた。

僕自身が、人から褒められて嬉しいとは感じない人間である。また、人から叱られた場合も、自分の人間性に向けられた指摘だとは受け止めない。評価者にとって結果が不充分だったのだな、と理解するだけだ。褒められたり叱られたりすると、「なるほど、この人はこのくらいのものを期待していたのか」とわかる。ただ、それだけだと感じている。

人間というのは、相手に対して褒めたり叱ったりするけれど、結局は、「自分の期待」に対する結果の到達度で、満足したり不満を持ったりする。ときには、その評価が、相手の「人間性」に向かうこともあるけれど、それは、人間性に期待していたからだ、と理解できる。

自分自身についても、なんらかの期待を無意識に持ってしまい、その結果、一喜一憂することになる。ということは、その期待の精度をもっと上げて、精確な予測をすれば、もう少し期待どおりになって、自分に腹を立てることも少なくなるだろう。

犬が上手に芸をしなかったときに、腹を立てて叱る人がいる。それは、その人の期待が大きすぎるからだ。愛するがゆえに期待する、と曲解する人も多いけれど、犬にはなんの罪も責任もない。ただ人間の期待が不適切。違うだろうか？

第21回

時流に逆らってクルマ談義でも

大人のクルマ離れ

僕が若い頃には、大勢がクルマに興味を持っていて、メーカが新車を発表すると、「あれはデザインが古い」「いや、僕はけっこう好みだよ」などと話題にできた。テレビでもクルマの宣伝が多かったし、書店に行けば新車を特集した雑誌が多数並んでいた。休日の道路はいつも渋滞し、どこへ出かけても駐車場が不足していた。

近頃は、どうやらそうでもないらしい。人口(特に若者)が減っているからなのか、クルマ自体も減っているようだ。逆に道路は整備され渋滞もかなり緩和されたし、どこの駐車場も余裕がある。「公共交通機関をご利用下さい」というのは、「自家用車で来るな」という意味だったのだが、最近でもまだアナウンスされているのだろうか?

さて、クルマについて、今と昔で違う点はといえば、ぼてっとした大柄で、背の高いクルマが増えたこと。事故で横倒しになるらしい。僕が乗っているクルマは、だいたい昔風のスタイルだから、裏返しにならなるかもしれないけれど、側面を下にした姿勢では自立しにくい形状だ。それ以外で一番気になるのは、丸いヘッドライトが絶滅危惧種で、どのクルマも吊り目になったこと。

交通事故は減っている。ずっと減少し続けている。安全ベルトやエアバッグなどのおかげなのか、特に死亡事故が減った。

近年話題に上がるのは、ブレーキの踏み間違いによる暴走事故。しかし、これは以前からあったはず。オートマティック・トランスミッションが登場したときに既に指摘されていた。何十年もこれを見過ごし、安全装置を義務づけなかったのは行政の怠慢といえるだろう。すぐ近くにあるペダル二つを足で踏み分けるのだから、人間工学的に見てもミスが起こらないわけがない。

以前は「交通戦争」などと呼ばれたくらい事故が多かった。当時に比べれば、交通事故は珍しいものになった。珍しいからこそニュースで取り上げられ、「私はクルマを運転しない」とおっしゃる方が増えた。潔い判断で立派だと思う。是非、人が運転するクルマにも乗らないようにしてほしい。自分は運転しないで、他人のクルマには乗せてもらうというのは、少々虫の良い責任逃れっぽい。プロが運転するクルマに料金を支払って乗るのは例外で、これはその会社が責任を料金に見込んでいる。友人が運転するクルマに乗るときは、運転手の責任の一部を引き受ける覚悟、あるいは保険料を支払うのが筋というものだろう。

ドライブと整備が趣味

僕は、クルマの運転が大好きで、ほぼ毎日運転している。しかし、人がいない田舎道か山道をのんびり走るのが楽しみなのであって、街中へ出ていったり、店の駐車場へ入れたり、家族以外の人を乗せるような場合は、神経を使い疲労するし、楽しくはない。それは「ドライブ」とはまったく別の行為だ。クルマを運転しない人には、ここが誤解されやすい。

自分の庭で電車を運転するのは、とても楽しい時間だが、だからといって、実際の鉄道の運転手になりたいとは全然思わない。その仕事は責任を伴うから緊張の連続だろう。電車の運転が好きだ、というだけでなれるものではない。

クルマの整備も大好きである。洗車は滅多にしないくせに、ボンネットを開けて中を覗き、部品を拭いたりする時間が楽しい。オイルを確かめ、プラグを磨き、ベルトやラジエータ、ブレーキ液などもチェックする。最近のクルマはほとんど故障しないから、日常的に点検をする人は見かけなくなった。マイナな趣味だ。

僕の奥様（あえて敬称）のクルマは、エンジンがリアにあるのだが、彼女は見たことがなかった。前のボンネットを開ければ、そこにエンジンがあると信じていた。先日、リアトランクの下にあるエンジンを見せたのだが、意外にも驚きもしなかった。「エンジンっていうのは、どのクルマにもあるもの？」とおっしゃっていた。たしかに、エンジンのないクルマもある。

ＳＵＶなるクルマが、僕は好きになれない。小型で、車高が低く、軽量のクルマを運転したい。今まで乗った中で一番気に入ったのは、ホンダのビート。これで十三年間通勤していた。次は、ポルシェ９１１で、九州や四国までドライブに出かけた。両方とも、前のボンネットを開けてもエンジンがない。後ろから響くエンジン音が心地良かった。サスペンションは硬く、ごつごつとしているから、一般的には乗り心地が悪いと感じられる部類だけれど、走っていて実に楽しい。僕的には「乗り心地が良い」になる。

今は乗りたいクルマがない？

作家になるまでは、高いクルマは買えなかった。幸い、好きなクルマを一括払いで買えるようになり、何台か所有するようにもなった。ただ、メンテナンスが忙しくなるから、実働のクルマは三台がせいぜいだろう。

若い頃には、乗りたいクルマが沢山あって悩ましかったのだけれど、今はそうでもない。乗りたいクルマには、もう乗ってしまった。新しいクルマでは、欲しいものがない。

現在の主力車は4WDで、寒冷地に住んでいるから必需。この一台以外は、雪道に弱い。奥様のクルマはリアドライブだから、数年まえに近所の雪道でスタックした（その後、スコップを載せている）。僕はあと一台、クラシックカーにも乗っていて、三日に一度はドライブに出かけているけれど、雨や雪の日にはこれには乗らない。いつ故障するかわからないので、万全の態勢で出かける。幸い、一度もそういった目には遭っていないけれど、いつまで乗れるか心配だ。

乗ったクルマは、すべてガソリンエンジンである。ディーゼルに乗ってみようかな、と思った時期にドイツのメーカの不正が発覚した。「なんだ、そうだったのか」と思って、諦めた。ハイブリッドは、車重が重すぎる。

電気自動車は、まだちょっとわからない。たとえば、庭で使う道具、草刈機やブロアや除雪車など、あるいはラジコンの飛行機やヘリコプタなどで、電動のものはとにかく使用時間が短い。また、バッテリィが数年で劣化し、そのバッテリィが非常に高価だ。それから類推して、クルマでもまだちょっと無理なんじゃないか、と疑ってしまう。

とはいえ、オースチン・ミニか、フィアット500か、スバル360の電動車を（当時のサイズのままで）作ってくれたら、たぶん買うだろう。多くは望まない。ただ、クルマを小さくしてほしい。

夜に雪が舞うと朝の庭園はこうなる(犬がどこにいるかわかりますか?)。当地では、この程度は「霜」の部類で、「雪が降った」とか「積雪」とはいわない。

自動車は、何が「自動」なのか

以前は「手動」だったのに、今では自動が当たり前なのが、ウィンドウである。僕のクラシックカーは、ぐるぐると手で回して窓を開ける。ロックも今のクルマは電動だし、ステアリングもパワステになっている。ギアチェンジも自動になった。

しかし、運転する人間がいないとクルマは走らないのだから、まだ完全には「自動」とはいえない。自動運転は技術的に既に可能だけれど、そうなってしまうと、タクシーや鉄道に乗るのと同じだから、自分のクルマを所有する気にはなれないだろう、と想像する。

自分で運転を楽しむクルマは、将来「ＤＩＹ」になるのだろうか？

第22回　メリハリのないシンプルな生き方

年末年始は何をしていたのか

十二月には誕生日がある。この誕生日の前日から年金の申請ができるので、その書類作成に十一月中取り組んでいた。役所の書類ほど難解な文章はない。読んでも読んでも意味がわからない。疑問点を調べてもなかなか解決しない。不明点を幾つか抱えての申請だったものの、準備をした価値があり、(代理人に提出してもらったのだが)問題なく受け取ってもらえた。僕が疑問に思って付箋を貼った箇所は、すべて記入しなくても良いところだった。

実は、共済年金を六十三歳からもらっていて、六十五歳からもらえるのは国民年金。前者は大学に勤めていたときに、後者は退職後に、支払っていたわけで、ようやくこれから返してもらえる。支払った分くらいは取り戻したい。苦手な「長生き」をしなければならないのでハードルが高い。

誕生日には、久しぶりにマクドナルドへ行った。ハンバーガとポテトとシェイクを食べた。高カロリィのバースディだった。クリスマスは特になにもしていない。ちょっとした模型は買ったけれど、自分へのプレゼントといえるほどでもなかった。

年末年始は、工作室に籠もって旋盤を回すのが毎年の恒例で、今年もやはり旋盤を半日ほど回した。工作は、二十近いプロジェクトを同時に進めていて、手を広げすぎ。それでも全部楽しいのだから、これで良いとの自己評価。

夏季には牧場となっている平原が、冬はなにもない荒野となるため、そこでラジコン飛行機を飛ばしている。ただ、とても寒いし、風を選ぶから毎日はできない。一週間に一度くらい、しかも一日のうち一時間ほどが、フライト可能なコンディションになる。今は、ヘリコプタには飽きてしまい、モータ・グライダを主に楽しんでいる。ゆっくり飛ぶから目に優しく、老人向けといえる。

クラシックカーは、秋にオーバフェンダが壊れたので、部品を取り寄せて、修理した。その後、不具合はなかったけれど、最近、低回転から噴き上がるときに息をつくことがあって、やや面白くない。春になったら、整備工場へ行こうと考えている。まあ、普通に走るので、普段のドライブには支障ない。

休日も祝祭日もまったく同じ生活

勤めを辞めてもう十八年くらいになるけれど、毎日だいたい同じことをしている。決めたわけではなく、自然にそうなった。起きる時間、寝る時間、風呂に入る時間、もちろん食事なども時間が決まっていて、休日も平日も、大晦日(おおみそか)でも元旦でもまったく変わらない。世間の人たちが楽しんでいるような「行事」は、僕には無縁だ。

現在は、抱えている仕事は、どれも〆切が一ヵ月以上さき。それらを毎日三十分ずつ進める。十分もキーボードを叩(たた)いたら、「ああ、仕事をしたなあ」と嬉しくなって、その解放感から、工作室へ直行するか、庭に出て鉄道を運転するか、犬を連れてドライブに出かける。

時間を忘れて没頭するのは、工作である。気がつくと、五時間ほど経過していることがざらにあって、しかも一時間半くらいかな、との自覚しかない。まさにトリップ。

その大好きな工作でさえ、ずっと同じ対象に向かうことが難しい。沢山のプロジェクトに少しずつ手をつけて、飽(あ)きてきたら、別の対象へ移る。同じことを続ける根気がない。続けていると、なにか焦(あせ)ってしまって余計な失敗をするのがオチだ。そうならないように、常にリセットして、自分を落ち着かせる。

頭で考えるようには手がついていかない。考えるほど早くものを作ることができない。この苛立ちが根底にある。これが僕の悪い癖で、失敗を繰り返すうちに、多くのタスクを同時に進める方法が効果的だと気づき、それを続けている。

休日だからと、まとめて遊ぼうとすると、時間が気になるし、一気に楽しもうと焦ってしまい、疲労するし失敗もする。遊びは毎日に分散して、少しずつ別々の遊びを楽しむ。その結果、毎日がコンスタントで同じような時間割になった。たぶん、この方が健康的だろう、とも感じている。動物も、だいたい毎日同じことをしているように観察できる。

メリハリのない生活を心がけている

機械というのは休まずに働くけれど、人間は同じ作業を長く持続できない。そこで、作業に対して「集中」するように教育し、そのかわりに、休日を与え、酒を与え、無礼講の時間を設置するようになった。これが「人間の使い方」というわけだ。

物事に集中することが良いイメージで捉えられているけれど、つまりは人間らしくない、機械のような作業を強いられただけのこと。今後は、そういった労働から人間は解放されるはずだから、基本的に人間はだらだらと自分のペースで活動をするのがむしろ効率的と理解されるだろう。

玄関の前に飾られている銅製の鹿のオブジェと手作りのリース。目を光るようにしてくれ、と奥様（あえて敬称）から依頼されているが、ＬＥＤを仕込むのか、電源はどうしようか、と考えたまま早二年。

僕はそういう具合に仕事をしてきた。毎日だらだらと、コンスタントに、メリハリのない生き方をしてきた。そして、これが結果的に良かったのだな、と今では評価している。

スポーツやゲームなどは、短時間に集中しなければならない。だが、そういった類の仕事は未来にはどんどん減っていく。その種の行為はすべて「趣味」になるだろう。

人間の仕事は、リラックスして、だらだらと時間を過ごし、あるときふと思いつく、という「発想」が基本的な生産物になる。発想が集中から生じないのは、経験から確からしい。研究者も作家も、この「発想」が主たる原資であり、これを展開して商売をしているのだ。

いたってシンプルな生活

多くの人の生活は、複雑で複合的だと観察できる。毎日、テレビを見て、ニュースを仕入れないといけない。新聞を取って、近所のスーパの安売りを確認しなければならない。一年を通してさまざまな風物詩なるものが設定されているから、それらを人並みにこなさなければならない。仕事場でも近所でも、子供関係のつき合いでも、まるでサークル活動のように打ち込むことを期待されている。みんなとタイミングを合わせて酒を飲み、流行を追って、噂を追って、損得に目を光らせ、理不尽なことには怒りの溜息をつく。親族とのつき合い、墓参り、故郷の同窓会、お祭りや式典、五穀豊穣や災害復興や世界平和など沢山のものに祈らなければならない。渋滞に巻き込まれ、家族のため先祖や親のためペットのため、とにかく時間が必要だ。どうしてこれほど雁字搦めに忙しいのだろうか？

僕は四十代頃から、そういった柵を一つずつ削除していった。人々が絆と呼んでいるものも、ほぼ断ち切った。唯一の例外的つき合いは、犬たちである。これだけは切れないが、ほかのすべてが今はない。したがって、ほぼなにもしなくて良い。毎日二十四時間が自由時間で、一年を通して何一つ「行事」はない。

きっとこれを「シンプルライフ」というのだろう。僕のガレージと工作室と地下室と倉庫とホビィルームと書斎は、模型やおもちゃやガラクタで溢れ返っているけれど、僕自身は整理され、不要なものを捨てて、シンプルになった。心配事はなく、不安もない。明日死ぬことになっても、なにも思い残すことはない。

第23回

知るとは、知らないを増やすこと

子供が楽しそうなのは何故か？

子供は楽しそうに遊んでいる。実は、遊んでいるばかりでもない。あらゆることを学んでいる。学ぶこと、知ることが楽しい。見ているだけで楽しそうだ。大人になると、子供の頃の思い出としてわくわく感だけを鮮明に覚えていたりする。あの頃は、見るものすべてが面白かった、と微笑ましい。

子供が持っている子供らしさの一つは、「好奇心」だろう。何故、子供は知りたがるのだろうか？　なにに対しても目を向け、じっと観察するその姿勢は、多くの大人が失ったものだ。

子供が、どんなものにも興味を抱くのは、なにも知らないからである。すなわち、「無知」という強みを持っている。知らないことがあるから、人間は知りたくなる。では、大人になって好奇心が減退するのは、どうしてなのか？　大人になると、子供のように楽しめなくなるのは、何故なのか？

大人になるまでに、いろいろなものを知ったから？　知り尽くしたからだろうか？　ちょっと考えてみれば、そうではないことを誰もが認めるだろう。大した知識を持っているわけではない。勉強をしてあれもこれも覚えさせられたのに、すっかり忘れている。

沢山知ったから楽しくなれないのではない。これは断言できる。そうではなくて、「どうせ知っても大して面白くない」ことを知ったからだ。

知らないことを沢山教えてもらったけれど、どれも、自分自身の面白さにならなかった。楽しめなかった。学校で習った国語、算数、理科、社会のどれも、自分をわくわくさせてくれなかった。大人からいろいろ指導され、沢山の体験をしたわりに、期待したほど面白くない。そういうことを「知った」だけだったのだ。

そうなると、もうなにも知りたくない。べつに詳しく聞きたくない。自分は、酒を飲んで仲間と騒いでいる方が楽しい。人生それで充分。だから説教しないでくれ、難しい話をしないでくれ、そういうものには興味がない、と突っぱねるようになる。自分はもう子供ではない。大人になったのだ、といったところだろうか。

まあ、そういう人生もあるし、全然悪くはない。それで自分が本当に満足でき、すっきり納得ができているのなら、幸せなことだろう（皮肉ではない）。

人や社会から離れて静かに暮らしていると……

森の中でひっそりと暮らしていると、人間というもの、社会というものが逆にくっきりと見えてくる。どうしてなのか、わからない。不思議である。また、これまであまりなかったことだが、自分以外の存在が気になるときも、たまにある。

何故あれはあんなふうになっているのか、どうして大勢の人たちはそんなことをしているのか、と考える。作家として文章を書くために考えるのではなく、なんとなく、ぼんやりと、ただ「不思議な現象だなあ」と頭に浮かぶ。

考え出すと、だんだんと道理が見えてきて、真理のようなものへ近づく気がするけれど、それは単に、自分だけの解釈を求めているだけのことで、真理と呼べるような代物ではないはず。そして、謎が謎を呼ぶことになるから、考えるほど、解釈が深まるほど、もっとわからなくなってくる。

そういえば、研究でもこんなふうだった。探究するほど、謎が増える。知るほど、知らないことが増える。問題を解くたびに、もっと沢山の問題が湧き上がってくる。

わからないことを沢山抱えている状態は、けっして悪くない。むしろ、心躍る楽しさに満たされる。つまり、子供の頃の好奇心と同じなのだ。

大人になって、いろいろな知見に触れ、法則も方程式も覚え、解決方法も手に入れたのに、まだまだ新しい問題が生まれてくるのだから、なんというのか「永遠の泉」を見つけたような感覚になる。思わず笑ってしまうほど嬉しくなれる。元気になれる。

結局のところ、新しい謎に出合いたいから、謎を解くのかもしれない。知らないことを増やしたいから、手近なものを知ろうとするのである。

大人になることで失うものとは？

好奇心は、「知りたい」以外にも、「やりたい」気持ちを発動する。子供は、なんでもやりたがる。自分でやってみたい。自分の手でそれに触れたい。大人がやっているあらゆる行為に興味を抱き、自分にもやらせてほしい、とせがむだろう。

そのたびに大人は、「難しいから」「危ないから」「子供にはできないから」と理由をつけて諦めさせる。子供も成長するほど、自分には向かないもの、興味がないもの、関係がないものを切り捨てるようになって、だんだん「やりたい」という気持ちが消えていく。

普通の大人は、自分の家のことも、自分が使っている機械なども、自分では問題解決できない。不具合が生じても直すことができないし、もちろん作ることもできない。そもそも、やってみたいとも考えない。どうしてだろうか？

つまり、「社会人」だからである。社会とは、大勢の人間が分業し、それぞれの得意分野で仕事をする仕組みだ。このサークルにいると、自分のことなのに「誰かがやってくれる」生き方になる。自分はただ自分のノルマをこなすだけ。それ以外のことは、他者のノルマになる。

そうするうちに、「やりたい」ことも、「誰かが考えてくれる」と頼るようになって、与えられたものを受け取るだけの「消費者」になる。それで、安心で安全な生活を持続できる。

このルールを知らない子供だけが、「やりたい」と手を伸ばすのだ。大人になると、その手はもうどこへも向かわず、ポケットに入れたままになる。

なんだか、少し寂しい気持ちにならないだろうか？

でも、なによりも安全が第一だし、安定した生活が大切だから、自分の楽しみは我慢をしなければならない、というのが、たぶんこれまでの人間社会の流れだった。

さて、これからもこのままで良いのだろうか？

知らないから楽しい

なんでもそうだけれど、新しいことをやり始めたときが一番楽しい。知らないからこ

第23回
知るとは、知らないを増やすこと

冬の朝、庭園で空を見上げると、葉のないはずの樹々の枝に白く輝く氷が咲き誇っている。青い空を背景に、白い花が咲いているような光景。

そ、知ることが楽しいし、やったことがないからこそ、やってみると楽しい。子供が無邪気に遊ぶ様子を見ていれば、それがわかるし、大人になっても、「子供のように」と形容されるような楽しさを味わうことは可能である。それに必要なのは、無知と未体験であり、それはつまり、「馬鹿」な状態だといえる。

物事を知らない、経験したことがない人を馬鹿にする場面が多々ある。でも、馬鹿は悪くない。むしろ良い状態なのだ。

新しい発想は、知らない人や、やったことのない人の頭から生まれてくる。既知（きち）で体験済みであると、発想が制限されるからだ。これは、斬新な発見や発明が、若い人によって成されることでも明らかである。知っているほど、やり尽くしているほど、新しいアイデアが生まれにくい。逆にいえば、知識や経験を度外視して、まったく白紙にして考えることができれば、最高の思考といえる。

歳を取っても、自分の知識に立脚せず、自分の経験を活用しないような思考を心がけることがよろしい。稚拙（ちせつ）であれ、未熟であれ、幼稚であれ、ということ。

知らないことが馬鹿なのではない。知ろうとしないことが本当の馬鹿である。

第24回「確率」で未来を評価すること

神様よりは信頼できる気がする

未来はどうなるのかわからない。天気予報だって外れることが多い。そうはいっても、近い将来ならば、ほとんどのことはだいたい予測できる。予測できるからこそ、「あとは明日にしよう」と作業を中断して家に帰ることができる。普通の人たちは、明日も自分が生きていて、今日と同じくらい健康で、周囲の状況も変化しない、と予測している。

天気予報が「パーセント」で示されるようになって久しい。五十パーセントで雨の場合、降るか降らないかが五分五分なのか。それとも、一日の時間の半分、あるいは地域の半分が雨なのか。それとも、雨が降ったと気づく人の割合が五十パーセントなのだろうか。さて、どれでしょう?

なにか心配なことがあって、悪い事態に八十五パーセントの確率でなると聞くと、「絶望的だ」と感じるだろうし、逆に十五パーセントだと、「それなら、大丈夫だ」と思ったりする。八十五パーセントなら起こるし、十五パーセントなら起きない、と四捨五入して認識する人が大半である。これは間違っている。起きるか、起きないかのどちらかに決めることが間違いなのだ。

同じことが、「可能性がある」という表現の受け取り方でもいえる。「可能性がある」と聞いたら、ほとんどそうなりそうだ、との意味に取る人が多いらしい。しかし、理系の人は、「可能性がある」を「確率が〇パーセントではない」という意味で使っている。ようするに「絶対起きないとはいえない」と同じで、一パーセントでも発生確率がある場合、「可能性がある」という。僕もそうである。ちなみに、「可能性がない」というのは、「確率が〇パーセントだ」という意味だ。「可能性」と「確率」をほとんど同じ意味の言葉だと勘違いしている人をときどき見かける。誤解を招かないように注意が必要である。

さて、未来の予測は、すべて確率で示される。たとえば、模擬試験を受ければ、本試験で合格する確率がわかる。台風の進路も、その予測進路内に収まる確率が示されている。

確率は、数字の大きさをそのまま認識するのが正しい。大きければYesで、小さければNo、などと割り切ってはいけない。

たとえば、七十パーセントの確率の事象のあとに、別の確率七十パーセントの事象があるとき、両方が連続して起きる確率は、両者を掛け合わせ、〇・七×〇・七＝〇・四九で、五十パーセント以下となる。七割の確率で起こるものも、連続する確率は半分より低い。逆に九割の成功確率でも、七回試せば、一回は失敗する確率が五十パーセント以上になる。

宝くじの不思議な確率

宝くじを買うための行列を何度か見たことがある。テレビでも宝くじの宣伝をしている。どうして宣伝なんかするのか気が知れない。宣伝のために使われる莫大な費用は、宝くじの期待値を著(いちじる)しく下げる、と普通なら考えるのでは？　え、考えない？

不思議なのは、何度か当たりを出した店が人気だという話。何度も当たったのだから今後は当たりにくい、とは考えないのだろうか？　だって、自分は今まで外れてばかりだったから、そろそろ当たる頃だなんて考えているのでは？

一定数の中からくじを引く場合、自分よりまえに引いた人たちが外れであれば、自分が当たる確率は、最初よりも高くなっている。この理屈でいくと、これまで当たりが出た店では当たりの確率が下がるのでは？

これは間違いで、宝くじは当選発表ごとにリセットされているから、過去に当たりが出た店も、そうでない店と確率では同じだし、今まで当たらなかった人も、当たったことがある人も、やはり同じ確率だ。

数学的に確かなのは、沢山買った人ほど当たりやすい、ということ。だから、宝くじで大当たりする人は、だいたい最初からお金持ちだろう、とはいえる。

ギャンブルをやる人は、「運がつく」という感覚を持っているという。のっているときは勝負に出るべきだ、といった理屈らしいが、これは「理屈」とはいえない。

養老孟司（ようろうたけし）先生の本に書いてあったと記憶するが、「この飛行機と同型のものは、これまで全部墜落している。残ったのはこの一機だけだ。それくらい強運の飛行機だから、絶対に大丈夫」という人の話。つまり、「勝ち続けている一機」というわけだ。

宝くじの期待値は、くじの値段のおおむね五十パーセントなので、半分は戻ってくる。これは、多くの商品でもいえることで、元値あるいは仕入れ値、原材料費は、価格のおおむね半分くらいだと認識すれば、商売というものが成り立っている道理が理解しやすい。ただ、残りの五十パーセントは、自分が欲しい気持ちを満足させるための消費であり、宝くじであれば「一時の夢」ということになるのだろう。けっして悪くない。良い趣味だと思う。僕は「夢」は自分で作る方が楽しいので、買わないけれど。

確率が低くなるほどリターンが大きい

当たり前の話だが、一気に大儲（もう）けできるものは成功確率が低い。これを「リスクが大き

今年の冬は暖かい。珍しく湿った雪が降った。粉雪ではなく、物に付着するし、雪玉を作ることができる。ドライフラワになった紫陽花(あじさい)にも積もった。

い」といったりする。リスクとは危険のことで、損をする確率だ。数学的にいえば、儲けと確率の積はだいたい一定値であり、これが「期待値」と呼ばれている。すなわち、リスクが大きくても小さくても、期待値は変化しない、といい換えられる。

だから、確率よりも期待値を思い浮かべる方が生活には役立つ。ただし、期待値が期待できるのは、あくまでも何度もくじを引く場合、ギャンブルをずっと長く続けた場合なので、たとえば一回だけ試しにやってみるときは、期待値よりは、確率が高いもの、つまり儲けが小さいものを選んだ方が安全かもしれない。

ギャンブルよりも多少リスクが小さいものとして「投資」がある。しかも、ギャンブルよりは、知識による選択を関与させることができる。これは、ギャンブルでも競馬で個別の馬やその状態を知っているのと同じかもしれない。

もっと期待値が高いのは「仕事」である。仕事で儲けられる確率や得られる賃金の期待値は、知識や思考に加えて、経験やスキルや誠実さなどが関与するし、ギャンブルや投資よりも期待値が高いのが一般的だ。真面目に働いていれば、おおむね損をすることはなく、必ずなにがしかの儲けがある。欠点は、自分の時間を賭けなければならないことだ。

仕事の中でも、リスクが高いものは儲けが大きい。リスクが大きくなっていくと、どんどん犯罪に近づいていく。あまりに儲けが大きいものは法律で規制されている。

さらに、最も期待値が高いのは「勉強」だ、ということを若い人にはいつも話している。年寄りになってからでは、さほど期待できないけれど、若いほど期待値は大きい。それに、金銭的な儲けだけではなく、精神的に儲けることができる。ほぼ確実に利益があり、損をするようなことはまずない。なによりも、勉強することで、社会や人間関係の仕組みを観察する術(すべ)が得られるので、数々の場面で確率を推測するのに役立ち、ほとんどのリスクを最小限に抑えることができるようになるだろう。

保険も小説も確率で認識

多くの人が気づいていないかもしれない、と思うのは、「保険」である。保険も、投資と同じだし、ある種のギャンブルといえる。ただ、当たらない方に賭けるくじである。当たらなければラッキィで、当たった場合には、その不運を軽減する補償が得られる。

僕は若い頃には、死亡保険、ガン保険などいろいろ掛け捨ての保険に加入した。しかし、子供たちが成人した頃、つまり僕が四十代のときに、すべて解約した。もう、自分が死んでも、ガンになっても、周囲に迷惑がかからないからだ。今は、自動車と火災の保険にしか加入していない。

確率を考えるには、過去の発生例の数字を知ることが必要だ。何人が死んだ、と聞けば、その範囲の人口で割る。それくらいの計算はした方が良い。多いのか少ないのかは、絶対数ではなく、割合で認識すること。

たとえば、十万部売れたベストセラ小説でも、日本人の千人に一人以下しか読んでいない、と捉（とら）える。その小説を読んだ人に出会える確率は、〇・一パーセント以下である。

第25回　書くこと作ること生きること

新作を書きました

本連載エッセィは隔週だから、二週間に一度書けば良い。アップされる一ヵ月まえには編集者へ送っている。この二週間の間に、長編小説を一作書くことができた。

小説というのは、エッセィよりも短時間で書ける。その理由は、ストーリィがあるから。ストーリィというのは、メロディのように連続性を持った流れだ。その流れに乗れば自然に物語を書き留めることができる。流れがまだないうち、つまり最初は、一日に千文字くらいしか書けない。

僕の場合いつも、タイトル以外にはなにも考えずに執筆を始めるから、考えることがいっぱいありすぎて、可能性も選択肢も無数の中から選ぶ必要があるため、のろのろとしか進まない。二日めには二千文字くらい書く。書いていくほど、可能性が狭まり、選択肢が減り、流れに乗ってトレースするだけになるから、一日に二時間で一万文字以上進む。こうなると全然面白くない。肉体労働に近く、疲れる作業となる。

エッセィというのは、それに比べると流れが断続的で、次は何の話をしようか、と常に考える。その分、執筆速度が落ちる。しかし、選択肢があり、可能性が大きい作業だから、より自由を感じられる点で、書いている本人は多少面白い。

読む人は、また別だろう。結果的に読む人が面白くなければ商品価値が生じない。ここが一番気を遣うところだし、生産者としての責任も感じる。とはいえ、みんながつまらないと思うようになったら、以後は執筆依頼が来なくなるから、その時点で辞められる。

仕事というのは、面白くないものだ。だが、これまでお世話になった義理があるので、ときどき書いている、というのが現状。

執筆依頼は今もぼちぼちとあって、お断りばかりしている。心苦しいのだけれど、それも一時のこと、とすぐに忘れてしまうほどには厚顔である。

小説を書き始めて、二十七年にもなる。長く続いていることに自分でも驚いている。当初想像したよりは、楽しめる部分があったし、意外に多くの人たちが認めてくれた。悪くなかったな、と思っている。

ついでに近況と今後の予定

今年出る本では、あと一作、年末発行予定のエッセィを書けば、すべてお終い。来月（三月）にも片づけるつもりでいる。昨年も三月にこれを書いた。だいたいスケジュールどおりといえる。以前は一年以上まえに全部脱稿させていたのだから、それに比べると、やや自転車操業に近づいているかも。

この二週間も、小説執筆と併行して、ゲラを読んだ。工作室の大整理もしていた。新たにコンテナを三十個ほど買って、ガラクタや材料を分別した。模型作りの複数のプロジェクトも休みなく進行（これらの一部はブログで逐次公開）。ただ、庭園鉄道の工事は、地面が凍っているから休止中。

クラシックカーでドライブにも行き、犬の散歩は毎日（執筆以上に）時間を取っている。除雪機の整備もした（だが、出動するほど雪は降らない）。忙しかったのかというと、忙しくはない。ネットで映画を毎日一本は見ているし、食事もしているし、風呂も入って、頭も洗っている。犬のシャンプーもした。一言でいえば、コンスタントな生活が持続している。

春が近づき暖かくなってきて雪が解けると、ときどき犬の足が汚れる。犬は、どういうところを歩くと足が汚れるのか全然学習しない（人間に洗ってもらえるからだが）。

今日は、散歩のあとにシャワ室で足を洗ってやった。近くに掛けてあったタオルで拭いてやり、ついでに濡れた床もそれで拭いておいた。あとになって、そのタオルがスバル氏

（奥様、あえて敬称）のバスタオルだった、と娘から聞いた。室内は床暖房のおかげで、風呂も含めどの部屋も快適なのだが、肝を冷やしているところである。

作ることと生きることは同じ

小説を一作書き上げても、「やり遂げた感」はない。これは工作でも同じ、という話を以前に書いた。僕は、作っている途中の時間を楽しんでいる。それが終わったら、すぐに次のものを作りたくなる。だから、完成しても「打上げ」とか「お祝い」などのイベントが入り込む余地はない。

仕事が一段落したら、ほっと一息ついて、飲みにいったり、休みを取ったり、旅行にいったりする人もいるようだけれど、よほどその仕事、その作業の時間が嫌いなのだな、というふうに観察してしまう。集中して躰（からだ）を使い、肉体疲労したはずなのに、躰を休めないで、飲んだり遊んだりするのも不合理だ。

小説の長編を毎日二時間書くと、指が疲れる。だから、同じような運動を数日休むことにしている。工作にも指を使うが、使い方が全然違うから、疲労は重ならない。一日のうちでも、躰の使い方を変化させるように作業を選ぶのが合理的だ。

もし。その作業に没頭している時間が好きなら、終わりたくない、と思うはずである。

犬の誕生日。五歳になって、犬用のケーキをもらっているところ。僕の誕生日には、このようなイベントはないので、対照的である。

読書が好きな人は、ずっと読んでいたい、読み終わりたくない、という話をよく聞く。僕の場合は工作だが、その気持ちは理解できる。

小説は仕事であり、執筆に没頭しても楽しくはないし、指が疲労する。本当はやりたくない。工作は自分が好きでやっていて、人のために作っているわけではない。しかし、好きだと疲労を感じないことがあるから、意識して注意していないと健康を害する。

生きる喜びというのは、大雑把にいってしまえば、日々の充実であって、もっと簡単にいえば、自己満足である。

他人のために人生を作り上げ、死ぬときに「完成だ！」と打上げパーティで大騒ぎするものではないだろう、と思う。人生には〆切もないし、約束もない。面倒だし、考えないといけないけれど、大概は自分が好きなようにできる。

自分が好きなようにできない、と感じている人たちは、まるで自分の人生をコンテストに出品して、周囲から審査を受けるような具合に、日々を捉えているみたいだ。みんなに認めてもらわないといけない。周囲から褒められないと意味がない。大勢が賛同してくれないとやる気にならない。そんなコンテストを自分で妄想している。自分がそのコンテストの主催者なのに。

たしかに、勉強や仕事の一部には、そんな「競う」面がある。けれど、人生の大部分がそうではない。全部が競争だという錯覚を、早く正した方が良い。人生は、戦いでも競争でもない、と思うだけで、生きやすくなるだろう。

ものを作ることは孤独を楽しむ時間

仕事では、人にどう思われても良いと割り切ることは難しいけれど、自分の楽しみは、自分の満足で充分に元が取れるはずだ。周りにどう思われようと関係ない、とコミュニケーションを放棄しろという話ではない。自分が生きやすいようにする目的で、周囲との協調が必要な場合もある。それも自己満足のうちである。

工作をしているとき、なにかを作っているときには、自分の工夫や苦労が自分で理解できる。だから、ときには自分を褒めてやりたくなり、ときには自分を叱ったりもする。それが面白い。これは、自分とのコミュニケーションといえる。

一人でいると、感情の起伏が大きくなるだろう。他者と接するときには、きっと誰でも我慢をして、感情を押し殺しているはず。そんな時間ばかりだと、だんだん感情が鈍くなるのでは？

一人なら、自分に正直でいられるし、自分がどう感じるかを見ることで、人間というものの綺麗なところも汚いところも、一番正確に観察でき、人間が理解できるだろう。この理解が、自分以外に対しても役に立つ。

孤独の時間は、とても大事なもので、できるだけ多く一人の時間を持ち、有意義に使ってほしい。一人で考える時間が、人を成長させるだろう、とも思っている。

第26回 働くことは「偉い」のか？

日本人に特有の二つの価値観

最近は薄れているのかもしれないけれど、僕が若い頃には、日本に特有の価値観が二つあった。まず、「若いことは良いことだ」というもの。そして、「働くことは良いことだ」というものである。皆さんの価値観はいかがだろうか？

日本のアニメやドラマなどでは、正義の味方や主人公がとにかく若い。外国のヒーローたちはそれほど若くない。変だな、と子供のときに感じた。日本の場合、十代くらいの少年少女が主人公で、世界の危機を救ったりする。そして、だいたい悪役は老人だった。これは、時代劇でもほぼ同じ。

たぶん、戦争あるいは敗戦が影響していたのだろう。年寄りたちは間違っていた、だから若い世代が、一からやり直さなければならない、という空気があったのではないか。

また、日本の高温多湿な自然環境では、古いものは自然に腐り、朽ちていく。伊勢神宮のように、常に新しく作り替えなければいけない。これを「禊（みそぎ）」という。そんな精神が根底にあるためか、新しく若いものは正しく、古く老いたものは汚れている、と感じるのか。

日本以外では、ほとんどこの逆である。若いというのは、未熟であり、美しくない。成熟したもの、老練なものが美しい。良いものは、古くなっても残るし、長く愛される。だから、アンティークは高くなる。アメリカンヒーロなんかも、三十代以上だったりする。むしろ、悪役の方が若いという設定が多い。

もう一つの「働くことは良いことだ」という価値観は、日本人なら「当たり前だ」と考えるだろう。だが、これも日本以外ではあまりない傾向といえる。ヨーロッパなどでは、働くことは「罪悪」に近いものにイメージされている。つまり、なにか悪いことをしたから働かなければならないのだ。働くことが健全だ、という価値観が最近はかなり広がってきているけれど、「良い」というよりも「悪くない」くらいの意味で、日本のように、「働く人は偉い」とまではいかない。

日本人は、老人がなかなか職を退（しりぞ）かない。働いていないと偉くなくなってしまうためだろう。もう働く必要がない人まで、「一生現役」などと威張っている。自分が生活するのに必要な分だけを稼がせてもらう、という控えめな意識、働くことへの後ろめたさがない。

働く人が偉いというのは経済社会だから？

そもそも、労働よりも大事なものが昔はあった。それは、外敵からの防衛である。どの社会にも軍隊があり、城壁を作って街や集落を守った。この責務を担っていたのが、王様や貴族だったし、日本では武士だった。武士は基本的に労働をしない。労働は、下々の者たちが担当する。大昔の社会でも、男たちは戦いのために普段は遊んでいて、働くのは女や子供だった。こういった歴史があるから、労働は良いことでも偉いことでもない、という価値感が今も残っているのだろう。

現代社会では、これを国家や軍隊や警察が担っているから、一般市民は武器を持たずに働くことができる。けれども、今の市民は、国家や軍隊や警察が「偉い」とは感じていない。特に日本では、そう感じる人が少ないだろう。これは、戦争に負けたことの影響が大きい、と思う。戦争に勝ってきた国では、わりと国家や軍隊や警察が尊敬の対象となっている。

戦国武将は、「天下統一」を掲げていたが、それはその地方の民衆が望んでいたことではない。「守ってもらえてありがたい」くらいは思っていただろうけれど、戦は御免だったはず。だいいち、大名は民衆によって選ばれた人物でもなかった。人々は貧しいし、力がないから、働かざるをえない立場だった。労働は貧しさと非力の象徴だったのだ。

労働者が偉いという思想は、つい最近になって生まれたもので、社会主義や共産主義の要（かなめ）といえる。「労働者が偉い」と持ち上げるのは、「士農工商」で農民が持ち上げられているのに似ている。それでもやはり一番偉いのは、統治する者であることは、共産主義の国々を見れば歴然だろう。

資本主義は、「金にものをいわせる」経済社会であり、金を稼げば、誰でも特権を手にできる。平等の精神がこれを支えている。力や血筋や人脈で「偉さ」が決まるのではない分ましだ、という考えである。しかし、賄賂（わいろ）などが罷（まか）り通（とお）るので、これを法で防ぐしかない。

支配されたら、支配したくなる

それでは、人は何故「偉く」なりたいのか、について考えてみよう。仕事をするモチベーションは、一般に賃金を得ることだが、出世して偉くなれば、その賃金がアップする。それだけだろうか？　最近の若者は出世したくないという。何故だろうか？

仕事をすることが偉いという感覚には、仕事で出世をすることで、人を支配できる立場になれる、との羨望（せんぼう）と期待が潜（ひそ）んでいる。これは、天下を取ろうとした戦国大名と同じだ

欠伸(あくび)軽便鉄道には現在四十一台の機関車が在籍。写真は、三十三号機。犬と一緒に乗って、庭園内を十五分ほどかけて一周する。その距離は五百メートル以上。ほぼ毎日運行している。

ろう。「偉い」立場とは、古来、人を支配できるポジション、役割なのである。「偉い」者には逆らえない、とのルールがあるからだ。

しかし、個人の人権が尊重される現代では、このルールに基づく態度は「パワハラ」になる。今では、家庭内でも子供を支配する親は非難される。子供も若者も、今は可愛がられ、褒められ、持ち上げられている。つまり、それほど支配されていない。学校でさえ、支配の感覚が薄れている。

命令され、嫌なことでも我慢して従ってきたからこそ、いつか自分もあの立場になってやる、というリベンジのモチベーションを持つ。これまでの出世欲というのは、そんなメカニズムだった。支配する立場になる以外に、自由が得られなかったからだ。

家庭内で家長に支配されていたら、いつか自分も、と若者は思ったはず。所帯を持つと、一国一城の主だ、などといったものである。

今の若者が、出世に興味がない、結婚に興味がないのは、「支配欲」が薄れているからであり、その原因は、支配された経験がないためだろう。

偉くなったところで、どうせ好き勝手にはできない。ちょっとした失言を非難され、夜遊びをすればスクープされる。かつて大きかった役得は、ほぼ消滅したかに見える。だから、誰もなりたがらない。支配欲が薄れたのは、支配が良いことではなくなったからだ。

すべてがこうだという理屈ではなく、この傾向がかなり多方面で観察できる時代になった、ということ。この変化が悪いという意味で書いているのではない。もっと子供や若者を支配し、我慢をさせ、ハングリィ精神に期待し、這い上がってこい、という世の中にしろといいたくて書いているのでもない。べつに、今のままで良い。平和で自由で、昔より良くなった、と僕は考えている。

年寄りが仕事にしがみつくのは、その立場の役得のためだけではない。やはり、支配欲があったからだろう。だが、これからは役得も減り、あからさまな支配もできない。したがって、若いうちにあっさり引退する人が増えるはず。

また、日本で「若さ」がもてはやされるのも、まだ誰にも「支配」されていない、という純粋さに価値を見出したものだったから、この虚構も、いずれは崩れるだろう。なにしろ、「若さ」は、本来はリベンジを目指す好戦的な精神を宿していたが、それが今はもう存在しないからだ。

それでも戦争は続いている

日本以外の多くの国々にとっての「支配」とは、他国からの侵略によるものだったから、その点でも日本が特別だということができる。日本人には、なかなか理解できない「屈辱」があるから戦えるし、やはり働くことは二の次だという精神が、まだ一般的である。つまり、働く者よりも、戦う者が偉い、という価値観である。

戦うことは貧しさの表れだ、と僕は考えているけれど、それも、戦うことの尊さに隠れてしまうようだ。理屈で説明しても理解は難しいだろう。特に、若い人たちの精神には、戦うことが本能のように刻まれているので、説教で救えるものではない。

仕事をすることが偉い、という日本の価値観は、平和を前提としている。

第27回 考えない人間は葦である

オートマティックトランスミッション

自動車はもうほとんどオートマになった。マニュアル車は絶滅危惧種だ。なにしろ、「オートマ」が何を意味しているのかさえ、知らない人が多い。自動車の何が「自動」なのかわからないのと同じだ。日本人は、略したらもう元の意味がわからない言葉が大好きで、「パーマ」「コンパクト」「モーニング」などもその典型だろう。

僕はずっと、オートマではない自動車に乗ってきたので、速度やエンジンの回転数を常に気にしてギアをチェンジするのが、自動車の運転の醍醐味(だいごみ)の一つだと感じている。しかし、オートマのクルマを運転する機会も増えた。そんな場合でも、クルマが自動でギアを変えると「あ、トップからサードに落としたな」と気づくし、前方に上り坂が見えてきたら、どこでギアを変えてくるだろう、と気になる。オートマでも、サードやセカンドに強制的に切り換えることが可能なクルマもあるし、また、エンジンブレーキとしても使われている。

先日、日本でバスが下り坂で事故を起こしたニュースをやっていたけれど、運転手はエンジンブレーキを使っていなかった。バスの運転手のようなプロドライバでも、もうギアのことを考えずに運転しているようだ。これは、責められない。むしろ、メカニカルに補助するシステムを考えるべきだろう。

クルマを運転しているとき、今はどのギアなのかを考えない人がきっと大多数だとは思う。考えなくても良いようにデザインされている。自動車だけの話ではない。ほとんどの機械が、それを使う人間が考えなくても良いように設計される。技術は、そのために発展してきた。おかげで、本当になにも考えない人が増えている。

考えない人でも、感じることくらいはするらしい。怒ったり、笑ったり、悲しんだりする。でも、どうしてそういう感情を持つのかまでは、深く考えない。考えるかわりに、今はネットで検索し、同じ感情を抱いた人たちの呟き(つぶや)を見て、「あ、同じだ、良かった」と安心する。この安心も感情的な反応であって、考えてそうしているわけではない。

音楽や映画で感動したときも、ただ感情的な反応をするだけ。自分が今、どこをどのように感じたのかを考えずに、単なる反応をしているだけの場合が多い。「どうして感動したの？」と尋(たず)ねてみても、理由は答えられない。人間もオートマになってしまったようだ。

「野生」を失った人々

犬を観察していて感じることだが、最近の犬や猫は、だいたい大人しくて、人懐っこい。人間に危害を加えるような素振りがあまり見られない。僕が子供のときの犬や猫は、もう少し怖い存在で、気軽に近づいたり、手を出したりすると、酷い目に遭うことが多かった。たぶん、ペットたちも良い生活をしているから、穏やかに育つのだろうし、人間にとって無害で飼いやすい血統が選択された結果、人為淘汰でこうなったものと想像する。同時にこれは、ペットにとっても「生きやすい」選択だったといえるだろう。

それでも、広い場所で放してやると大はしゃぎするし、なにか嫌なことをされたときには歯を剝き出して怒ったりする。いつも常に大人しいわけではない。満員電車に詰め込まれて出勤する人間たちも、不満のない生活でとても大人しくなり、また、飼いやすい人が選ばれている結果かもしれない。

そんな人々が集まっているのが都会なのか、という目で見ると、遊園地などは、ドッグランのようなものか、とも思うし、ときどき酒を飲んではしゃいだり、ネットで誹謗中傷をするような敵意も、まあ、生きものなのだから、ロボットではないのだから、といった具合に感じてしまう。

大人しいことや怒らないこと、ルールを守ること、つまり協調性が、社会人には求められる。感情的なものも、周囲と合わせる必要がある。不満や不審を抱いてもすぐに表には出さない、笑顔で応えて逆らわない、という従順さも「性格が良い」などと表現される。ようするに、「いちいち考えない」ことが、社会では必要みたいだ。

こうして、いつもにこにこして周囲に逆らわず、大勢に同調して生きていく人たちが増えた。彼らを縛っている「絆」は、家畜を縛るロープと違い、目には見えない。だが、現代ではスマホがその役割を果たしている。

何に反応すれば良いのか、どう行動すれば良いのかを、スマホが教えてくれる。指示してくれる。スマホのモニタさえ見ていれば安心だ。なにも考えなくて良い。疑わなくても良い。指示されたとおりにしていれば、生きていける。

「野生」というのは、自分にとって不利益なもの、危険なものに対して、常に警戒し、自分がどう行動すれば安全かを考えることである。この能力を失っている人々が大勢いる。たぶん、都会にいるほど野生は失われる。つまり、考えない人になりやすいのではないか。

自由のために考える

たとえば、テレビには沢山のチャンネルがある。どのチャンネルも同じ番組を放送して

線路の点検を一緒にしているつもりの駅長。シープドッグなので、羊がいればきっと仕事をするだろう。残念ながら、庭園内にはリスと狐と野鳥くらいしかいない。

いたら、貴方はどう感じるだろうか？　僕はそうなったらストレスを感じる。違うものが見たい、選びたい、と思うだろう。でも、多くの日本人、社会人はどうやらそうではない。みんなで同じものが見たい。自分が見ているものを、もっと大勢が見るべきだ、みんなが同じであるべきだ、同じように感じるべきだ、と考えるらしい。現に、日本のテレビは、ときどきどのチャンネルも同じになる。まるで、先生が「はい、皆さんこちらを向いて」と手を叩いているみたいな「支配」である。

人間の社会では、この協調性が大事にされる。「協調第一」というスローガンだ。同時に同じことをする、力を合わせて対処する、そうしないとできないことがある。ある意味で、これはしかたがない。ばらばらでは不都合なことがある。でも、それがいきすぎると、だんだん窮屈になるだろう。

社会では、人々は作業を分担している。自分のノルマさえこなせば生きていける。あれこれ考える必要はない。鶏舎にいる鶏が、卵を産むノルマさえこなせば、あとはなにも考えなくても良いのと同じだ。野生の鳥は、食べるものも、外敵の攻撃も、パートナ探しも、巣作りも、いろいろ考えないと生きていけないが、飼われていれば安心安全である。これは「幸せ」だろうか？

考えないことは、とにかく楽なのだ。考えることは、辛いし苦しい。では、何故考えるのだろうか？

それは、自分は何をすれば満足か、どうすれば自由になれるか、という思考そのものが、楽しいからである。それが「幸せだ」と感じるように人間の脳はできている。自由を感じるのは、結局は、楽しいことに向かって考えているときなのである。

安心と安全のためには、余計な作業をしない合理化が必要だったから、そのために社会を作り、都会を作り、作業を分担して、自由に行動できる環境を整えた。ただ、そうすることで、大勢の人たちが考えなくなってしまった。それも、一種の自由かもしれない。

しかし、本来目指していたものとは、少し違うと思う。もっと、新しいことにチャレンジするようなベクトルを、予感していたはずなのだ。若い人は、それを肌で感じることだろう。年寄りだって、もちろん感じられる人はいる。なにかもっと楽しいことがしたい、と考えている時間があるはずだ。その「考え」こそが、野生なのである。

ようやく少し春めいてきたか

凍っていた地面が柔らかくなったのが、歩くとわかる。土が掘れるようになったので、庭園鉄道の保線作業を実施。木造橋の老朽化した部材を取り替えたり、線路の捩(ねじ)れを修正したり、信号機の作動確認などを行った。我が欠伸(あくび)軽便鉄道には社員は一人しかいないので、社長自ら土木工事、機械・電気工事、そして点検と運転、と毎日けっこう忙しい。工作室では、現在四十号機を製作中で、来月には完成する予定。

第28回　どんなものも元どおりには戻らない

一時的なものか、恒久的なものか？

値上げラッシュのようだ。ニュースで頻繁に取り上げられているから、食事のとき奥様(あえて敬称)に「食料品の値段が上がっているの?」と尋ねたところ、「さあ、値段を見て買ったことがないから」とおっしゃっていた。凄いな、セレブじゃないか、と感嘆した。

森家では、外食はしない。例外は三カ月に一度のマクドナルドのドライブスルーくらいである。僕は大変楽しみにしていて、一番最近だと、十二月の誕生日のときに行った。そろそろまた行きたいと思っている。しかし、マックのハンバーガがいくらなのか、たしかに気にしたことはない。家計に影響するような額ではないからだ。

ニュースで驚いたのは、「早く元の値段に戻ってほしい」という市民の声を紹介していたこと。元に戻ると思っている人がいるんだな、と気づいた。そういえば、景気が悪いからか、「好景気に戻ってほしい」との声も聞こえるし、早く感染症がなくなってほしい、早く戦争が終わってほしい、早く少子化を解決して人口減少に歯止めをかけてほしい、などの声も方々で耳にする。それらを望む気持ちを大多数の人が持っているのだろう。

ただ、それらは希望や願望であって、観測としてはやや楽観的すぎる。今挙げたどれもが、元には戻らないだろう。戻るような要因が極めて少ない。継続して定常化する見込みの方がはるかに強い。

たとえば、人口減少だが、この百年ほどで世界も日本も、極端に人口が増加している。人類史上かつてない異常な急上昇である。なんとかしないと、エネルギィも食料も不足するだろうし、それに基づく争いも増えるはずだ。できれば穏やかに人の数を減らすことが理想だ。そういった観点からいえば、少子化は悪い状況ではない。ただ、経済的な損失があり、商売をしている人には頭が痛い問題となる。

景気が悪いという嘆きも、バブル期のような異常な状況に再び戻れると考えているのだろうか。どんなものも、上昇すればいずれ頭打ちになる。当然であり、自然だ。それから、一般消費者には、ものの値段が上がらないデフレの方が嬉しい。デフレ脱却なんて叫んでいたのは誰だったのか？　そちら方面の人たちは、値上げラッシュを歓迎しているのだろうか？

歴史は繰り返さない

「歴史は繰り返す」という言葉は、非常に気安く使われる。それが使われるのは、実際は繰り返さないからだ。それはそうだろう。まったく同じことが再度起こるような事態にはならない。似たような状況、似たような結果が現れた場合に、類似性を指摘しているだけで、実現象は全然異なっている。だいいち、人や場所も違うし、多くの場合、似ても似つかない。それに比べると、毎日太陽が昇る自然の方が、ずっと同じことを繰り返している。でも、春に桜が咲いて大勢が酔っ払って騒ぐくらいで「歴史は繰り返す」とはいわないだろう。

変化を捉(とら)えると、増えたり減ったりという波のような形になるが、もっと広範囲を見れば、増加しているか減少しているかがわかる。一定のものはない。人間の数は増えているし、二酸化炭素も増え、気温は少しずつ上昇している。かつての状況に戻ることはない。歴史は繰り返さないのだ。

「災害は忘れた頃にやってくる」といわれているが、忘れないうちに来るようになった。「異常気象」という言葉がずっと使われている状況だから、既に「異常」ではなく「通常」である。台風は大型化し、ゲリラ豪雨も頻繁になった。二酸化炭素の排出を減らせば、温暖化が防げるのかというと、そうではない。温暖化の速度を遅くできる程度だろう。なにしろ、これだけ大勢の人間が生きているのだから、とうてい無理な話である。少なくとも数百年越しの課題となるだろう。科学のせいでこうなったのではない。経済発展が原因だ。解決する方法は、経済的な対策ではなく、科学によるしかない。

環境やエネルギィ、食糧の問題を考えれば、戦争などしている場合ではないと思うのだが、やはり自己利益を優先する人たちがいて、どうしても儲かることをやめないので、戦いは消えないみたいだ。戦争については、歴史は確実に繰り返されている。大昔からずっと、人類は戦争をし続けている。いい加減にしてもらいたい、と思う。

繰り返される騙し合い

戦争がどうしてなくならないのか、それは戦争をしたい人が多いからだ。どちら側も、前線ではしかたなく正義のために戦っている。つまり、正義というのは、その程度のものだということ。人の命を奪うこと、自分が死ぬこと、そんなことより大事なものがあると信じているから戦う羽目になる。少し離れた立場から眺めると、明らかに騙されている人たちがいる。

犯罪でも同じで、たとえば詐欺事件が横行している。どうして詐欺が成立するのかとい

第28回
どんなものも
元どおりには
戻らない

これが四十号機。ボディはボール紙でできている。記念としてナンバを大きくした。機関車の高さは百十センチほど。重さは五十キロ以上。パンタグラフは飾りで、バッテリィを搭載して動く。

えば、騙される人が後を絶たないからだ。騙そうと思っても、騙されない人ばかりなら、そう簡単に詐欺はできない。また、商売にも、人を騙す要素が潜んでいる。宣伝というのは、騙す行為を少し薄めたものであり、基本的には同じ方向性といえる。

もっと範囲を広げると、子供に勉強させるとき「やる気」なるものを出させるのも、騙す行為の一種であり、いわば詐欺のようなものだ。騙されて得をする子供も一部にいるだろうけれど、やる気を出すことで損を被る子供も多いだろう。僕は、「やる気」というものが具体的にどんなものなのか理解できない。「やる気」を抱いたことはない。やる気を出さないとできない人間に育てるよりも、どんなときでもやれる人間になるように指導した方が適切だろう、と考える。

「おだてる」という言葉は、「あおる」と同じく「煽」という漢字だ。団扇であおいで、火の勢いを増す行為を示す漢字。火は酸素の供給で強くなるが、人間は風を受けて頭を冷やした方が適切な判断と行動をするのではないか。

「煽る」で最近連想するのは、助成金とポイント還元である。いろいろ特典を付加して、政策や商売をしているが、これらに釣られて大勢が列を作って並び、得をしたような気分になっているらしい。平和なことである。でも、なんらかの損が、その後表れるはずだ。それが社会の、否、物理的な均衡、あるいは作用反作用の法則というもの。

原発に反対をし、火力発電に依存すれば、洪水や土砂崩れの被害が拡大するし、ポイントに飛びついてカードを作れば、その個人情報が漏洩(ろうえい)して、詐欺の電話がかかり、強盗が押し入ったりするリスクが増える。見えないところで、気づかないうちに、反作用がやってくる。得をすれば、同じ分だけか、それ以上に損をするような仕組みになっているのだ。注意喚起のために大袈裟(おおげさ)に書いたけれど、鳥瞰(ちょうかん)すると見えてくる道理といえるかと。

コロナ禍は収束したのだろうか？　既に三年以上が過ぎている。現在の日本は、あらゆる規制が緩和され、マスクもせず、ワクチンの効果も薄れ、この三年間で最も危険な状況になっているように見受けられるが、いかがだろうか？

いろいろ作っているが、相変わらずである

ここ三年間で僕は何を作ったか、と考えてみた。庭園内にガゼボ（西洋風東屋(あずまや)）を建てた。庭園鉄道の大きな機関車も四機ほど作った（最新は四十号機である）。長さ四メートルほどの小さな鉄道模型のジオラマは未完成だが、稼働はしている。少し小さめの機関車は十機くらいは完成しただろう。全部一人で作っている。

それ以外には、新たに作るよりも、かつて作ったものの修理をしていることが多い。修理をするのは、まだ使いたいからなので、作ったものが役立っている証拠だと理解している。

そうそう、小説やエッセィも、作ったもののうちかもしれない。これらは古くなっても不具合が出ず、修理をしなくても良いので気楽ではある。

第29回 暇だから「観察日記」みたいに書こう

どうして選挙に行かない人が多いのか？

　選挙に行かないのは、白票を投じることと同じである。絶対に誰かに投票しなければならない、という決まりはない。誰にも票を入れないことは、ある意味で、選挙に対する姿勢を示しているわけだし、投票しない権利があると僕は考えている。だから、投票したくない人は行かなくて良い。選挙に行かないことを非難される理由はない。

「選挙に行こう！」と訴えている人たちは、「政治に興味を持て」「未来を決めるのは有権者だ」という理由を挙げているが、興味を持っていて、今の政治の方向性が気に入らなくて、選挙に行って一票を投じてもたぶん変化はないだろう、と想像している人を説得するほどの妥当性がない。

　選挙に行かないのは、誰が当選しても良い、と考えているからだ。そう考えることは悪くない。自分は票を投じないけれど、選挙で決まった人が政治家になって、どんな政治をしても文句はいわない、と考えている。だから、行かないのだ。全然悪くない。ただ、外部（たとえば外国）から見て、半数以上の有権者が投票していない選挙というのは、民主国家としていささか格好が悪いだろう、というだけだ。政治家というのは、もう少し大勢の人たちに支持されているのが普通だからである。

何故これほど、投票率が下がってしまったのか。それは、選挙活動で演説している内容があまりにも陳腐だからだ。「子供たちの未来を」「困っている人の声を聞く」「安心して生活できる」「経済を活性化する」など、いろいろ綺麗事をおっしゃっているけれど、その人が選ばれたことで、何が実現するのかを有権者は知っている。この平和な何十年の間に、充分に知ってしまったのだ。

結局、誰を選んだところで、綺麗事が実現するわけではない。地方議会の議員などが、税制を変えられるわけでもないし、誰が町長になっても日本の景気には関係がない。参議院も衆議院も、とにかく大勢いて、結局は与野党の人数で大勢が決まる。個人がどんな才能を持っていても、それが政治に活かされるようなことはない。そういうことを知ってしまったのだ。たとえば、「議員数を減らします」を公約にして立候補してほしいものだが、そんなことが実現できる政治家は一人もいない。

もし、選挙の票に「誰も当選してほしくない」が選択できるなら、もっと大勢が選挙に行くだろう。あるいは、一定数の票を得られない場合は当選できないルールにする。これだけで議員数が減らせる。そもそも、議員数削減を議論できない、実行できないことが、現在の議員制の欠陥であることは明らかだ。第三者機関を設置してコントロールすべきだろう。

どうして子供が減ってしまったのか?

育児のための支援が不足しているとか、あるいは、若者の恋愛力が低下しているとか、そういった理由ではない。育児支援などなく、自由恋愛に厳しい目が向けられた昔の方が、出生率は高く、人口も増加していた。

何故子供が減ったのか。簡単にいえば、子供が必要ない社会になったからだ。貧しい社会では、子供は働き手だった。早く子供を作って、その労働力で家庭を支えようとした。個人の楽しみなど二の次で、とにかく生きていくため、存続するために、家庭を作り、子供を作った。今はそういう社会ではなくなったということ。

恋愛をしなくても、いろいろな楽しみがある社会にもなった。一人でも面白いことが多い。また、結婚しても二人だけで楽しめる。かつては、老後の心配から子供が必要だったけれど、今は年金や介護の支援がある。一方、子供を作ることには、自分たちの人生に不安材料を取り入れてしまうため積極的になれない。作っても、一人かせいぜい二人で充分。長期間子育てをして、それ以外の人生を諦めたくない。

ようするに、子供や家族に代わるライフスタイルが、今の若者たちにはある。それだけ豊かになった。結婚をして、子供を作って、という古いスタイルを押しつけられたくない。もっと自由に、自分の人生を楽しみたい。単にそういうことなのだ。

だいぶ以前から子供が減少している。僕が若い頃に比べると半分くらいになった。だから、このままいけば、日本の人口は半分になるだろう。一人の女性が産む人数は、最近少しだけ持ち直したみたいだが、それでも子供が激減している理由は、産む人が半減しているからだ。今頃になって、育児支援策を打ち出しても、既にその支援を受ける対象者が少ないから、子供が増えることにはつながらない。

少子高齢化は、経済にはマイナスだし、労働者不足も深刻になる。ただ、外国人労働者やAI化などで、しばらく持ち堪えれば、大勢の高齢者はいずれいなくなるから、日本の人口が減ったところで落ち着くだろう。機械やAIが生産するので経済は回るし、人が少ない方がエネルギィ問題も食料問題も有利になる。だから、悪い未来ではない。日本は、今の半分くらいの人口でちょうど良いと僕は考えている。ただ、今すぐに稼ぎたい業界の人たちが、「経済が回らない」と叫ぶだろう。

この際だから、やめた方が良いものを書いておこう

不満というわけではない。ただ、こうした方が良いのに、と遠くから眺めていて思うこと。

選挙のときに、宣伝カーで大声を出して回るのをやめた方が良い。無駄だ。何を目指しているのか全然わからないし、印象が悪くなるから逆効果。具体策をネットやパンフレットで配れば充分。

国会は、たとえば「予算委員会」なのに、予算に関係のない議論をするのをやめた方が良い。大臣とかを攻撃したいのなら、そういう機会、つまり「人事委員会」を作って議論してはいかがか。

国会で寝ている人よりも、欠席し続けている人よりも、ヤジを飛ばす人の方が見苦しい。中継を子供に見せられない。マナーの悪い人は議論から排除すべきで、ヤジの罰則を設けた方が良い。

大きな災害の鎮魂祭のようなイベントが各地で毎年開催されている。それは悪くはないが、どのような対策が取られたのか、何を改善して防ぐ計画か、それがどの程度実現したのか、を報告するイベントにした方が良い。黙禱して祈るだけでは問題は解決しない。

学校のＰＴＡや町内会はなくても良いが、もしどうしても必要ならば、その委員はボランティアではなく、給料を払って雇うべき。そのための財源を全員から集めるしかない。これは、村の祭りの実行委員会や青年団、消防団などでも同様。暗黙の強制的なボランティア参加という日本古来のやり方は、今の社会では無理（不合理）が生じている。学校で、部活や遠足や運動会をどうしてしなければならないのか、を議論した方が良い。学校の行事でなくても良いはず。また、全員が参加する必要もない。希望者が参加し、有志が主宰、主催すれば良い。学校は思い出作りを提供する観光業ではない。テレビ局は、中継をやめた方が良い。中継する意味がまったく感じられない。録画して、編集してから放送すれば良い。わざわざ現場にレポータが立って話す意味もない。レポータが映らないといけない理由は何か？　無意味なことに公共の電波を使っている。

春なので、ガーデニングに忙しい毎日

仕事だから書いた。主張するつもりはない。三十年くらいまえから、ことあるごとにこれらを話したり書いたりしてきた。幾つかが、意外にも早く社会に取り入れられ、良い方向だな、と感じている。僕が指摘したから改善されたのではなく、わりと多くの人たちが、同じ思いだったのだろう、きっと。

庭園内にはモルタルで作ったミニチュアの建物が点在する。太陽光発電で昼間に蓄電し、夜は自動的に室内に照明が灯る。写真中央の二輪の小さなチューリップは、高さが十センチほどしかなく、寒冷地では自然もミニチュア。

庭園の樹木には、まだ葉がない。でも、地面はすっかり緑になった。花々も咲き始めている。葉が茂るまえ（つまり五月末まで）は暖かい。六月は急に寒くなるので（といっても、当地には梅雨がないが）、今のうちに庭仕事を進めておこう、と忙しい毎日。

第30回 ものを作るときに考えること

庭園鉄道の信号機システム

急にマニアックな話になるけれど、僕の庭園鉄道には信号機がある。本線は一周が五百メートル以上あって、ぐるりと回って同じ地点に戻る一本道のエンドレスだ。僕一人が機関車を運転して走らせている場合は、信号機はいらない。誰も線路を横切らないし、ほかに走っている列車もない。

しかし、ほんのたまにゲストが遊びにきて、それぞれに機関車の運転をする。複数の列車が同時に走ることがある。この場合、前の列車に追突しないような注意が必要となる。列車は急には停まれない。特に下り勾配のあるところでは、動力を切っても十メートルくらいは軽く走ってしまう。また、一箇所だけだが、線路が交差しているところがあって、ここへ同時に進入すると出合い頭の衝突事故になる。

そういった事故を防ぐために信号機を設置した。というよりも、信号機を作って、その作動システムを考え、工事をすることが面白そうだから、というのが導入の最大の理由だった。

信号機は全部で十四箇所に設置され、走っている列車をセンサで感知し、自動で切り換わる。前の列車が近くにいるうちは信号を赤にして、後続の列車が追いつかないように停車させる。

簡単に書いたが、これを実現するためには、各信号機どうしを結ぶ電線が必要だ。そこで、地中にパイプを埋め、その中に電線を通した。また、信号機が故障したときに、修理を想定してユニット化し、簡単に取り外して交換できるように設計した。一年の半分は氷点下になるため、屋外で時間をかけて修理をすることができない。故障した場合は、その部分だけを持ち帰って、工作室で修理をする。作動を確認するための試験装置も作った。

列車の通過を感知するセンサは、超音波、赤外線、機械的スイッチなどをすべて試したが、一年ほどで不具合が出始めた。現在は磁気センサを採用し、既に三年以上、性能を維持している。屋外では、風雨、温度差、紫外線、害虫などで材料は劣化する。金属は錆び、木材は腐る。なかなか長期にわたって正常に機能するものが作れない。試行錯誤の連続である。

何を使って作るか、どう作るのか？

なにかを作る作業、つまり工作は楽しい。まず、作りたいものがある。だから、何を作るのかは、だいたい最初から決まっている。次に考えるのは、何を使ってそれを作るのか、材料の選択だ。これは具体的には、適切なものを選ぶこと。たとえば、木材か金属かプラスティックか、といった素材から、使用できそうな部品、改造すれば利用できそうな既製品などまで。それと同時に、どのような構造にするのか、を考える必要がある。物体の組合わせ方、あるいは電気の回路図なども構造といえる。

さて、これらが決定しても、まだ考えることがある。

それは、どんな手順でそれらを構築するのか。つまり工程、プロセス、施工を頭に思い描く必要がある。さきほどの信号機であれば、地中に埋め込んだパイプに電線を通せば良いし、電線とパイプは買ってくれば良いが、では、五十メートルにも及ぶ地中のパイプに、どうやって電線を通すのか、という問題がある。方法を思いつきますか？

図面で完璧に成立するような構造であっても、組み立てる順番を考えないと、実現できない。実際にそこに手が入らないとか、ボルトを締めようにもスパナが動かせないなどの問題に、作る段階になって初めて直面する。どうやって作るのかは、同様の工作経験がないと、想像が難しいだろう。

完成したときの性能ばかりに目が行くのが普通だ。製品を買う消費者なら、それで充分かもしれない。しかし、どんな材料を使っているのか、どのような構造になっているのか、そして、どんな手順でそれが作られるのか、といった要素が存在し、そのそれぞれが、実はその製品の「性能」に含まれている。作りやすければ、結果的に安価になるし、またエネルギィを無駄に使わない。二酸化炭素を排出する量にも関わる。

もう一つ、忘れてはならないのは、完成して、使用期間がある程度過ぎたときのことだ。どれくらい劣化するのか、故障が見つけやすいか、修理がしやすいかなども、その製品の性能に含まれる。

こういったことすべてが、自分でものを作ると、少し理解できるだろう。立派なものを作るだけではなく、数年後にどうなっていて、その修理にどんな手間がかかるのか、そのときに部品が手に入るのか、といったことまで見越して作る姿勢が重要である。

作ることに興味がなくても、なにか作っている

「私は工作が趣味ではない」という人がきっと多いだろう。たとえば、一般に「文系」と呼ばれている人たちは、工作なんかしないかもしれない。「それは、理系のやることだ」

と考えているかもしれない。しかし、それは違う。

人は、生きている間、ずっとなにかを作っているのだ。たとえば、料理は普通に思いつくだろう。それだけではない、人間関係、地位、権利、そして自由なども、自分の力で作るものだ。これらは別の角度から見て、「信頼」とも表現される。

信頼は、何を材料にして、どのような構造で、そしていかなる手順で構築されるのか、と考えてみよう。

家族も友情も作るものである。今どき流行りの絆も、「つながり」も、作らなければ手に入らない。どこかに売っていたり、偶然見つけられるものではない。ときには、種を蒔くだけで自然に育まれ、収穫できるものもあるにはある。ただ、それも「農作」と同じで、作るもののうちだろう。

そして、さきほど指摘したように、それらは完成してお終い、というものではない。その状態が持続することが本来の価値なのだ。持続するための工夫が常に必要だし、あらかじめ、そういったことを想定して築かなければならない。なにかトラブルがあったときに、修復がしやすい形にデザインしておいた方が賢明だろう。

愛情さえあれば、それで充分だと考えて作られたものは、強力な接着剤でなにも考えずに組み立てられた工作物に似ている。どこかの材料が劣化したときに、取り替えることができない。直しにくいものだ。一部の構造が強ければ、そこに力が集中してしまうから、比較的弱いところが壊れるだろう。大事なことは、全体のバランスが良いこと。常に測定が容易なこと。また、どれくらい未来まで必要なものかを想定しておくことだと思われる。

映像で考え、映像を残す

少々難しそうなことを書いたけれど、結局のところ、一人でこつこつと作っている時間が一番楽しい。こんなに面白いことがほかにあるのか、と毎日興奮の連続だ。

信号機のシステムは、僕が一人で列車を運転しているときは、正常に作動している。でも、列車が複数走ったときにどうなのかは、なかなか試せない。だから、ゲストが運転するときがチャンス。そして、だいたい、なにか不具合が見つかる。このようなトラブルがあると、嬉しくなってしまう。「どうしてだろう?」というミステリィに出合い、これを解決するのも楽しみの一つだからだ。

ところで、この信号機システムを製作したときに回路図を描いたのだが、それが一冊のファイルになっている。文章はなく、二十枚ほどの図面、つまりすべて絵である。僕が頭で思い描くものは、ほとんどが映像であり、言葉ではない。「人間は言葉で考える」といわれるが、僕には当てはまらない。トリックもストーリィも映像で発想する。だから、メモを取らない(取れない)。

庭園鉄道の信号機。これは腕木(うでぎ)信号機といって、横に突き出た羽根が上がると赤、下がると青。ライトの前に青と赤のメガネがあって、これでライトの色も変わる。高さは一メートルほど。何を使って作ったのか、と想像してみて下さい。

図面にしておく理由は、頭の記憶映像がしだいにピントがずれ、ぼやけてくるからだ。ぼやっとしていても、何がどこに描いてあるかは忘れない。だから、そのファイルのどこのページのどのあたりかを覚えている。細かいところにピントが合わないだけだ。人の記憶は、デジタルではなくアナログだから、忘れて失われるのではなく、焦点が合わなくなる。ただ、文章はデジタルだから、忘れたら消えるだろう。

そういえば、僕の家族は、スケジュール帳やカレンダ、それに日記も、全部絵で描いている。文字を書くような文化が、森家にはなさそうである。

第31回　「頑張って」はいわない方が良い？

「頑張ってね」と気安くいえる人たち

別れ際にこんな言葉をかける。「頑張ってね」「気をつけて」「元気を出して」などは、優しい言葉として日本人に広く親しまれている。人間関係の遠近で違ってくるとは思うが、概ね、どんなときでも使える便利な言葉だ。もちろん、日本語以外でも同じような表現がある。いずれも、相手のことを気遣っている、心配している、というこちらの気持ちを伝えたいときに出る。

けれども、たとえばもの凄く悲惨な境遇の人に、赤の他人がこれをいえるかどうか、というと、なかなか難しい。事故や災害で大切な人を失った人たちに、「頑張ってね」といえるだろうか？

少なくとも僕はいえない。「元気を出して」もいえない。どうやって頑張れというのか、どんな元気が出せるのか、と反発されそうだ。黙っている方が良い、言葉にならないのが普通だと思う。むしろ、そんな言葉を気安くかけるのは、失礼だと感じてしまう。だいたい、僕は人に「頑張って下さい」といわない。そんなことを他人からいわれて、「はい、頑張ろう」と思うだろうか？　思う人もいるけれど、思わない人もいる。どちらなのかわからないから、いえない。

「気をつけて」は、なにか危険があるかもしれないところへ出かけていく人には、普通にいえる言葉だと思う。でも、できれば何に気をつけるのかを示した方がずっと有効だろう。ただなんとなく、なにかに（あるいはすべてに）気をつけるというのは、難しいのでは？

いちいちそんな責任を感じず、さらりと挨拶としていえば良い、というのが社会の常識だろうか。「おはようございます」だって、早くなくてもいえるから、挨拶にはそもそも意味はないのかもしれない。言葉を言葉どおりの意味に解釈するのは、素直すぎる？

「頑張って」よりももっと無責任なのは「応援しています」だと思う。応援することで、どんな影響があるのか知らないけれど、精神的にプレッシャをかけるのは確かで、その言葉で相手を緊張させるかもしれない。応援してもらっているんだ、と自信を強くするような強いメンタリティの持ち主は、なにをいわれても影響しないだろうけれど。

「頑張るな」というアドバイス

「頑張れ」は、英語の「ベストを尽くせ」と同じだろう。集中して、力一杯、ほかのものには目もくれず、しゃかりきになれ、ということだ。よくスポーツなどで聞かれる「自分を信じて」という信仰も、ほぼ同じで、ようするに、持てる能力の最大限を出せ、というのが「頑張れ」の意味だ。

ところで、僕の親父は、子供の頃の僕に「頑張るな」と教えてくれた。そういう捻くれた人だった。その親にしてこの息子ありか。

どうして「頑張るな」なのか。それは、「無理をするな」ということである。そう、頑張るとは「無理をしろ」に近い。そして、脇目も振らず突進するから、「気をつける」こともできない状態になれ、といっている。相当危険なアドバイスなのだ。

人がパニックになったときが、これに似ている。冷静な判断ができず、周囲に気を配ることもできない。パニックになると、人間は「大変だ！」という気持ちに集中し、「どうしよう？」で頭がいっぱいになる。元気は出ているかもしれない。でも、冷静にあれこれ連想したり、状況を観察し想像することを忘れるほど、頭が真っ白になる状況を作り上げる。これは「頑張っている」のとほぼ同じだ。パニックに集中し、自分の全能力をそこに注ぎ込んでいる状態なのだから。

このパニック状態が上手く作用すると、ゾーンに入ったみたいな状況で、良い結果を導くこともたまにある。でも、多くの場合はそうではない。パニックはパニックで、ただ悲鳴を上げて走り回るだけで、適切な行動ができなくて、大きな失敗をしてしまうだろう。

失敗することに頑張ってしまうのだ。こんなときは、誰かが「水を差す」必要があるだろう。「落ち着きなさい」「深呼吸をして」などと緊張を解く。これは、「頑張らなくて良い」と諭(さと)しているのと同じ。「無理をするな」や「調子に乗るな」というアドバイスが、つまり「頑張るな」なのである。

だいたいの場合、みんなから励まされる立場にある人は、誰よりも自分で「頑張らなくちゃ」と思っているのである。たとえば、結婚式の新郎新婦とか、試験を目前に控えた受験生とか、これから大事な仕事に挑むビジネスマン、新しいプロジェクトに着手する人、誰もが「頑張ろう」と自分を鼓舞(こぶ)している。そんなときに、周囲から「頑張れ」と声をかけられても効果はない。むしろ「この大変さがわかるのか?」と反発を招き、逆効果になりかねない。特に、十代や二十代の若者であれば、反発するくらい元気が有り余っているはず。年寄りから「頑張れ」と応援されても、ほぼ効果はない。

アドバイスとして有用なのは、「リラックスしていこう」という方向性で、「肩の力を抜いて」も同じだ。そう、ピンチの場面で、ピッチャマウンドに行って監督や野手がかける言葉である。つまり、それは「頑張るな」という意味なのだ。

「頑張る」の反対は、「余裕をもって」

頑張ると、集中してしまい、周りが見えなくなる。そうではなく、余裕をもって、少し力を抜き、わざとゆっくりと、きょろきょろして、ほかごとを考えつつ、取り組むことで良い結果を生む場合が多いだろう。特に、なにかの問題で行き詰まっているときや、新しい発想が必要なときなどは、頑張らない方が良い。

僕は、工作で一つの作業を続けないようにしている。沢山のプロジェクトを同時進行させ、つぎつぎと違う対象へ移って作業を行う。とにかく集中しないようにしているのだ。こうすることで、頭がリセットされるのか、物事を客観的に見ることができる、という効果が得られるからだ。このような仕事の進め方は、全体に余裕がなければ成立しない。なにものにも増して大事なこと、それは「余裕」である。

余裕には、時間的なもの、金銭的なもの、スペース的なもの、がある。このいずれもが必要であり、さらに、能力的な余裕もあった方が良い。自分の能力の最大出力ではなく、少しセーブして臨む方が良い結果となる。目一杯ではなく、八分目くらいをリミットだと考えること。たとえば、〆切は早めに、資金は全額使わない、できるだけ広い場所で作業する、そして、疲れるまえにやめておく、などである。

「頑張れ」という励ましの言葉は、このように考えると、実質的にろくな効果がないばかりか、ぎりぎりの状態を招いて危険であり、失敗や事故につながる可能性も高い。むしろ「頑張るな」が正しいアドバイスといえるだろう。

暖かくなってきたので庭園鉄道の工事開始

庭園鉄道の工事を始める季節になった。冬の間は地面が凍結していて、スコップを刺すこともできなくなる。そして、当地では冬というのは半年近く続くのだ。六月になると、ようやく葉が茂り、森林はすべて木陰になる。夏は暑くない。台風も梅雨(つゆ)もないし、雨も夜しか降らない。蚊もいないし、もちろんゴキブリもいない。

鉄道はほぼ毎日運行している。走っていると線路上に落ちている小枝などを踏む。切断され、排除されるので、二周めからは滑らかな走行となって快適だ。

七年ほどまえに建設した木造の橋を、新しい木材を使って作り直している。庭園内で最も遠い場所なので、道具や材料も鉄道で運んでから作業を始める。誰も手伝ってくれる人はいない。すべて一人で行う。計画を立て、毎日少しずつ進める。でも、ほかにもいろいろやるべき作業・工作があるから、この工事は一日に長くても二時間程度で切り上げる。

五月中旬の風景。庭園は森の中にある。ガゼボの近くは広葉樹で、ようやく葉が出始め、新緑となった。まだ樹の高いところの葉は広がっていないので、空が見える。来月には、庭園内のすべてが木陰になる。

そういう進め方だ。

　また、ドライブにも適した季節である。窓を開けて走ると、風が心地良い。少し遠くへ行きたくなる。古いクルマに乗っているので、整備を入念にして出かけている。いつも、帰ってこられなくなる覚悟をして、いざというときに必要なものを持っていく。これはつまり、人間の人生、誰にでもある普通の人生と、まったく同じだ。覚悟していますか?

第32回　「視点」と「着眼」から生まれる「発想」

「頭が良い」とはどういう意味か？

定義というものはないし、それを測ることも難しい。でも、「あの人は頭が良い」という表現を誰もが普通に使っている。しかも、複数の人の評価がだいたい一致する場合が多い。つまり、頭の良い人がいる、ということは確からしい。いったい、それはどんな状態なのだろうか？

たとえば、企業が人を雇う場合に、「有能な人」の方が望ましいと考える。同じ給料を払うなら、できるだけ能力がある人を採りたいのは当然だ。

機械ならば、「高性能」という評価がある。同じ仕事をさせた場合に、効率が高い、省エネである、短時間で片づく、などの結果が得られる。これと同じように、人間にもある目的に対する適正というものは存在する。それは、実際にその作業をやらせてみれば判明するだろう。

たとえば、身体能力であれば、測定することが比較的容易だ。しかし、現代では、身体能力が直接仕事に影響することは少なくなった。足が速いからというだけで高給が約束される職種は多くはない。身体的な能力を求められる場合であっても、簡単な測定で判別できるような単純作業は、たいてい機械が代わりにやってくれる。

一方、「頭の良さ」つまり、頭脳の能力も、大雑把にならば把握できるようだ。これは社会や自分の周辺を見回してみればわかるとおり、誰でもその認識を持っているだろう。頭が良いと認められる人が現にいるし、また、そうでもない人もいる。少なくとも、みんなが同じ能力ではない。これを簡単に認めたくない人はいると思うけれど……。

最も一般的な測定方法として、「試験」がある。多くの場合、知識量を調べる行為といえる。知識を多く持っている人は、そうでない人よりも役に立つ可能性が高い、という観測に基づいた選別行為だ。同時に、その試験のため準備に取り組んだかどうか、つまり勉強する姿勢も問われている。これらは、仕事に対する適正を判断する材料となるだろう。ただ、この「勉強に対する姿勢」は、頭の良さというよりは、性格の良さに近づくような気もする。

さて、知識量が頭の良さなのかというと、これには異論が出るだろう。ある人は、頭の回転を問題にする。それは計算の速さなどで測れるだろうか？　また別の人は、計算の速度ではなく、アイデアなどを思いつく能力、すなわち「発想力」こそが、頭の良さだという。これは試験で測ることができるだろうか？

「発想」とはどういう行為か？

多くの人が思いつけないものを思いつける。誰も考えもしなかったことを最初に考える。そういう人を天才と呼んだりもする。非常に限られた少数の人が、ときどきその行為で称賛される。結果を見れば、大勢が「凄い！」と納得できるのだが、しかし、どうすればそんなことが思いつけるのかはわからない。何が凄いのかさえ、理解できない場合も多いだろう。

「発想」とは、どんな行為なのだろうか？

それは、計算のように、手順を踏んで進めば到達できるものではない。考え続けても、思いつける人と、思いつけない人がいる。この道を歩いていけば行き着ける、というものではなく、どこかでジャンプして、別の場所へ着地するようなギャップがある、と分析できる。この、ジャンプする思考こそが「発想」とか「思いつき」と呼ばれているものだ。

では、その思考のジャンプは、どうすれば可能なのか？

その方法を説明することは、かなり難しい。「柔軟な思考」であるとか、「水平思考」などと表現されているが、これは、上から下へ連続して流れる普通の思考ではなく、別の方向へ、まるで、わざと筋道を逸らせるように、考えを向けること、と説明するしかない。あまりにも抽象的だ。でも、具体的に述べることは不可能である。何故なら、そもそも具体的な思考ではなく、抽象的な思考から発するものだからである。

真っ直ぐに目的物を捉えて、目を離さずに進むのが「計算的な思考」である。これは「集中」していなければならない。それに対して、「発想的な思考」は、一点を見続けるのではなく、視線を逸らせて方々を見回す必要があり、「集中」の正反対ともいえる状態でなされる。

発想というのは、「着眼」から生まれる。どこに目をつけるのか。何を見るのか。できるだけ広く見回し、なるべく沢山のものを見る。関係がないものでも目をつける。そうするうちに、ふと気づくことができる。これが「発想」である。

より広く、多くのものに目を向けるためには、一箇所から見るのではなく、多くの視点に立つ方が有利だ。普通、人間は自分がいる位置から、自分の目で見るしかない。しかし、考える場合には、もっと多くの視点を持てる。普段から、沢山の視点で物事を見る癖をつけていれば、発想は生まれやすくなるだろう。

「視点」を多く持つこと

ものを見るとき、どこから見るのか。ものを考えるとき、どこからの観測に基づいて考えるのか。ただ見る、ただ考えるのではなく、自分がどんなデータをよりどころにしているのかを自覚することが大切だ。

自分の視点しか持っていない人、自分の気持ちしか考えていない人は、新たな「発想」ができない。他者の視点、他者の気持ちを想定すること、つまり、より高い視点に立つことで、新しいものに着眼できる。さらに新たな発想を可能にするのは「想像力」である。だが、まずは別視点に立つことが先決で、その視点から観測を行い、以前は見えなかったものに着眼し、それに基づいて考える、という手順になる。

こうして、多視点から観測し、それらそれぞれの立場から考えることが、客観的な思考となり、別の言葉でいえば、「総合的」あるいは「科学的」な考察が可能になる。ひいては、これが「正しい」もの、そして「真実」に導いてくれる。

絶対的な「正しさ」や「真実」というものは、滅多に存在しない。多くの視点から観察して、どうやら確からしい、という程度のものが「正しさ」であり、このようにして正しさを導く手法が「科学的」と呼ばれている。

もし、自分一人の思考ではそんな多くの視点を持つことは無理だ、と感じたら、大勢の人の意見を聞くことで補えるだろう。特に自分とは異なる意見を真剣に取り入れる。だが、それを自分で考え直すことが重要だ。自分と同じ視点の観察や意見を集めるのではなく、自分とは違うものを尊重することで、正しい判断につながる可能性を高められる。

このように、多視点を持つことが、あらゆる「発想」の源といえる。革新的なアイデアをいつも思いつく人は、自分とは関係がないもの、自分と反対のもの、常識ではないものを見ているから、新しいことを発想する。これができる人が、「頭が良い」「天才的」と評価されるのである。

自分の行為を周囲の視点がどう見ているか、を気にする人は多い。しかし、本当に頭の良い人は、それを気にしない。何故なら、既にその周囲の視点と同様のものを自分の中に持っていて、瞬時に自己評価しているからである。

他者評価ではなく自己評価だから、自分の行為に対して評価を得るまでの時間が極めて短い。だから、成長が早い。これが天才が生まれるメカニズムといえる。

一カ月かかった工事が終了

庭園鉄道の橋の工事を行っていた。長さ八メートルほどの区間で、以前に仮に作った構

開通したばかりの橋を渡る二十六号機。この近辺は針葉樹が多く、橋のむこう側は深い谷。この機関車は、当鉄道最大のもので、中に乗り込んで運転することも可能。ボディはベニヤ板で作られている。

造が古くなり、木材が朽ちかけていたので、基礎工事からすべてやり直し、持続可能な（つまり、メンテナンスが簡単な）構造に作り替えた。一カ月間、毎日一〜二時間の労働だったが、これが完成した。

庭園内を一周する路線は、全長五百メートル以上もあるので、これを維持するためには、常にどこかを修復する必要がある。完成したらお終い、というものではない。でも、メンテナンスも修理も、すべてが楽しい。自分一人で作業に没頭する。「上等な孤独」の時間は、幸せを感じさせてくれる。

六月は庭園内の樹々が生い茂り、全域が木陰になった。花々が沢山咲いた五月よりもだいぶ涼しい（寒いくらいだ）。「もう夏も終わりだね」と奥様（あえて敬称）はおっしゃっている。犬たちは、涼しい方が元気が良い。

第33回　現代人の過剰な他者依存

自覚のない他者依存

たとえば、凄（すご）いものを見て感動したとしよう。奇跡的なタイミングの自然の風景でも良いし、世界遺産とかの文化でも良いし、それとも、たった今遭遇したちょっとした面白い出来事でも良い。なにか得をしたような感覚を抱くだろう。素晴らしい、楽しい、面白い。これをちゃんと覚えておこう。いつか思い出して微笑むことができるだろう。そうして、溜息をつき、またこんな体験ができたら良いな、と考える。それが、個人の幸せを組み立てる一つのパーツになっていくことはまちがいない。

さて、こんなとき、誰かにこれを見せたい。誰かに話したい。誰かに経験させたい。あの人と一緒だったら良かった。写真を撮ってその人たちに見せよう。今度はその人たちをここへ連れてきて一緒に体験しよう。そんなふうに発想する人もいるはず。自分の幸せを誰かに分けてあげたい、分かち合いたい、という親切心からだろうか？

どうもそれだけではない。自分の幸せを自分だけで噛み締めることができないのだ。素晴らしさを一人では処理できない。誰かに見てもらって、その人が感動する様を確認しないと、本当に幸せなのかどうか判断できない。だから、写真や動画を撮って、他者に見せなくてはならない。

幸せだけではない。腹が立つような体験も、誰かに教えて、その人たちにも怒ってもらいたい。みんなで一緒に怒ってほしい。そうしないと、自分が怒って良いのかどうか不安だ。「皆さんはどう思いますか?」と問いかけないと、怒るべきなのか、それとも、我慢をしなければならないのか、判断できない。このような思考、行動をする人が、最近増えているように観察できる。

自分自身の内から湧き上がってくるはずの感情まで、他者によって支配される状況であり、これは「他者依存」といっても良い。自分以外の人たちに、自分の感情を受け止めてもらおうとする欲求が強くなりすぎ、自分一人では楽しめない、悲しめない、怒れない、笑えない、というような症状を呈する。専門用語ではもちろんない。僕が勝手にそう呼んでいるにすぎない。でも、このような人たちが、あちらこちらで目につく。ネットでの観察だから余計に目立つ。そう、ネットが生活の一部となった現代では、この他者依存が増加しやすいものと想像できる。

特段、悪いわけではない。他者依存とは、裏を返せば「協調性」であり、「社会性」だともいえる。他者に認められないと、自分の立場が築けないのは、人間社会の基本ルールでもある。「大勢に認められなければ意味がない」と考えるのは、仕事や勉強をするときには当然ともいえる。「空気を読め」というのも、ほぼ同じ意味合いだ。

他者依存の欠点は何か？

では、他者依存の欠点は何か？

それは、個人のオリジナリティが薄れること。また、自己評価する能力が育たないことにもつながる。さらに、最も顕著（けんちょ）なのは、評価が得られるまでの時間が長いこと。つまり、評価が遅い。これが致命的な結果を招く。

前回、天才は自分で評価する目を持っているから成長が早い、と書いた。一方、他者依存の普通の人は、自分が成したものを他者に評価してもらわないと、良し悪しが決められない。そうなると、作業の成果を人に見せて、審査してもらい、その結果を待たないと、自分のやり方がどうなのか判断できない。これでは成長が遅くなるのも当然だ。

天才は、絵を描くとき線を一本引いただけで（あるいは引くまえに）、その先が見えている。このまま描くとどんな作品になるかと想像し、その完成作品を自己評価し、今引いた線が正しいか間違っているかを判断する。だから即座に修正ができる。このため、処女作から優れた一級品になる。天才が例外なく若くして頭角を現すのは、自己評価能力と想像力によるものだ。

他者依存の人は、自己評価をしない。できないのではなく、しない。絵の先生について勉強をすれば、その先生に見てもらわないと正しさが判断できない。先生とのコミュニケーションは、自分自身のそれよりも不充分だから、ここにもロスがある。展覧会に出して、みんなに見てもらって初めて、自分の才能を自身で認め、反省する。成長に時間がかかるから、人生の長さでは足りない結果となってしまう。

文章を書く人でも、誰かに読んでもらわないと、自作の価値がわからないと考える人がいる。少し書いたら、人に見せたくなる。ネットの場合、見せる相手が文章の才能を持っているとはかぎらないのに、大勢に見せた結果が過剰に気になる。そんな不確定なデータが役立つと何故考えるのだろうか？　既に他者依存の症状が表れている。

若者ほど他者依存性が強い

動物は、若い時期ほど友好的である。遺伝子的にも、初めは周囲に従うようにプログラムされているのだろう。仲間とつながりたがり、周囲に自分を認めてもらうことに喜びを感じるようだ。この性状は、集団で生きる動物ほど顕著であるし、生きるうえで重要な役割を果たす。

この周囲の集団というのは、人間の場合は、年齢の近い身内だった。それは、兄弟、あるいは親族や近所の同年代の他者である。どの文化でも、このような身内の集団が存在し、その中で大人になるにつれて、社会性を身につけていく。

ただ、人類史上初めて、そうではない環境が出現した。それがネットだ。若者は、ネットで同年代の他者とつながりたがる。また、そんな他者に承認されるような行動をとる。考え方も多大な影響を受ける。以前であれば、大人になる段階でその集団から卒業したが、ネットではそれがない。大人になっても、ずっとこの関係が続く。そもそも相手が同年代かどうかもわからない。自分も二十代、三十代になっても、子供のときの関係から抜け出せない。リアルで環境変化が生じても、ネットでは抜け出すような転機がないからだ。

もちろん、社会はそこまで顕著に変わったわけではない。リアルの社会はほぼ旧来のままだし、上の年代がいるため急には様変わりしない。それでも、じわじわと他者依存の価値観が今後も広がっていくだろう。

全体的に見て、けっして悪い状況ではない。なにしろ、みんなが他者依存で手をつなぎ合っているのだから、集団として安定している。争いは起こりにくく、平穏で安全な社会が持続するだろう。ただ、変革は起こりにくい。なにしろ、オリジナリティが育ちにくく、天才的な才能が出にくい。異を唱える人が、周囲に認められにくい。

どの親も、子供が仲間外れにならないように、と願っている。みんなと仲良く遊べるように育てるだろう。みんなが騒いで走り回っているとき、部屋の片隅で一人、本を読んでいるような子供は、「みんなと遊びなさい」と先生に指示されるかもしれない。こうして、多くの「人並み」な人間が育つ。人並みになりたい人は、それで良い。

自分がやらなくても、誰かがやってくれる。天才が現れて、この国を引っ張っていってくれるだろう。そう考えている他人依存の人ばかりの社会である。

ロングドライブのシーズン

クラシックカーが三年めになった。家から五十キロほどのところにある整備工場へ、半年に一回、オイル交換のために出かけていく。この五十キロを故障なく走れるように、自分でも日々整備をしている。工場の職人さんの腕が良く、見てもらうごとに不具合が解消され、どんどん調子が上がっている。今が、この三年間で一番調子が良い。

街へ出ていくと、カフェに立ち寄る。先日は、奥様（あえて敬称）と犬も一緒に出かけた。それができるくらいクルマの調子が良くなったからだ。そして、工場で見てもらっている間、近所のカフェでランチを食べた。珍しいことだ。食べたのは人間二人で、犬は食

カフェのテーブルの下で待機しているところ。小さな器は、水を飲むためのもの。隣のテーブルに犬が来ても吠えたりしない。シェルティは人見知りするので、知らない人には近づかないし、食べものを出されても口にしない。

べていない。森家の犬たちはこのシチュエーションに慣れていて、人間が食べているものを欲しがったりしない。こんな上品な犬に育ったのは、そのまえの犬が上品だったからで、代々、先輩犬を見習っているのである。親ではなく、兄弟の影響が大きいのは、人間と同じ。

第34回 若者はみんな「時間持ち」

お金持ちか、時間持ちか

平均すると、歳を取るほど誰でもお金持ちになる。子供なのに、お金持ちの人は少ないだろう。お金よりも明らかに大事なものは時間だが、こちらは平均すると、若い人ほど沢山持っている。だが、若者の多くは、自分がお金よりも大事なものを沢山持っていることに気づいていないように見える。きっと、「時間なんていくらでもあるのだから、焦ることはないさ」と高をくくっているのだろう。老人が、「金ならあるが、もう時間がないよ」というのと対照的である。

人間は、生まれたときは、だいたい平等に時間持ちである。もちろん、生まれながらにして不幸な状況を背負っている人もいるけれど、そういうことは、少し生きてから判明する。誕生というのは、可能性に満ちている。

「時間持ち」は、まるで「鞄持ち」みたいで、日本語として少々格好悪く響くから、本当は「お時持ち」と丁寧にいう方がよろしい。ただ、耳で聞いたときに、そういうスイーツがあるように誤解されそうなので、ここでは時間持ちと呼ぶことにする。

時間は、お金ほど融通が利かない。お金のように貯めることができない。今すぐに、しかも少しずつしか使えない。譲ったりもらったりすることもできない。ただ、条件が限られるものの、お金を出して人の時間を買うことはできる。逆に、自分の時間を差し出して、お金に替えることもできる。

時間もお金も、どちらもそれを持っている人の可能性を高めるものだ。これらを多く持っている人ほど、自分が思い描くものを手に入れることができ、つまり「自由」だといえる。

ただ、求めるものが人それぞれ違っていて、まとまったお金や時間が必要なものと、少なくても継続的にそれらが必要なものがある。お金の場合、前者を求めるには貯める必要がある。後者ならその必要がない。一方、時間の場合、少しずつ消費する対象には向いている。そういった根本的な違いはあるにせよ、大まかに見れば、ほぼ両者は同様の価値を有していて、別の表現で「エネルギィ」と呼んでも良さそうだ。生きている間は、誰もが自分のエネルギィを持っている。その総量が「自由」を支えている。

お金も時間もタダではない

一般に、お金を使いたがらない人を「ケチ」とか「倹約家」と呼ぶ。これに対して、時間を使いたがらない人は、「せっかち」「慌(あわ)てん坊」だろうか。とはいえ、時間というのは、なにもしなくても消費され、使わずに過ごすことが不可能だ。

たとえば、安い商品目当てで行列に並んだりする人がいるけれど、これはお金に対しては倹約していても、時間を浪費している。〆切まえに徹夜して、翌日は寝て過ごす人がいるが、その徹夜した時間も寝て過ごした時間も、そもそも〆切よりずっとまえに使っておくべきで、時間のやりくりに失敗している、といえる。それに、無理をして体調を崩したりすると、将来また余計な時間が必要になるだろう。もし、健康を害して寿命が縮まったら、莫大な時間を失う結果になる。

「歩けばタダ」「考えるだけならタダ」などのように、しばしば「○○は無料」などといって、「苦労を惜しむな」との教訓が語られるのだが、時間がかかるという意味では、けっしてタダではない。お金を払ってでも、時間を節約する必要があることが実際に多い。こうして時間を買えば、自分はもっと重要なことに時間を使えるし、他者にやってもらうことが人を育てたり、商売を広げる例もある。ビジネスには必要なスキルといえるだろう。

日本では、苦労を美徳とする価値観が根強いけれど、これは少々古い。苦労は必要だが、「時間をいくらでも使え」との方針は間違っている。時間こそ大事に使わなくてはいけない。人生の持ち時間は限られているのだ。

時間はいつなくなるのかがはっきりしていない。お金は残高が明確だが、時間にはそのようなカウンタがない。人生の時間はおおよそならば想像がつくものの、いつ短くなるかわからない。いつ終わりを迎えるのかもはっきりしていない。

ある程度は残り時間を意識して、常に自分の「自由」を構築するしかない。たとえ、思っていたよりも持ち時間が短く、道半ばで終わったとしても、それはそれで充実した人生といえるだろう。目標に向かって自分の信じる道を進んでいる人は、最初から終わりを覚悟しているはずだ。

年寄りになってから、多くの人が「あの頃やっておけば良かった」と後悔するのは、若いときに無駄遣いした時間のことである。その時間はけっして取り返せないことを、若者は意識してほしい。ただし、生き方というのは人それぞれだから、なにかを成し遂げろといっているのではない。だらだらと時間を過ごす行き当たりばったりの生活だって、特に悪いわけではない。それが自分の信じる自由ならば、まったく問題はない。

時間によって生み出されるもの

なにもしなくても時間は過ぎていく。人間が生きていられるのは平均で三万日程度で、つまり七十二万時間である。このうち三分の一は寝ているか、食事をしているか、バスルームにいるか、あるいは具合が悪くて休んでいるので、大まかに四十八万時間が自由に使える「資産」である。さて、この時間で何が生み出されるのだろう?

時間から生産できるものは、主に二つある。一つは前述のように「お金」だ。この変換を「仕事」と呼ぶ。もう一つは、「能力」である。この変換はたいてい「勉強」と呼ばれている。さらに、お金はまた別の価値に交換されるし、能力によって生み出される価値もある。だから、お金と能力は、それら変換プロセスの媒体であって、それ自体が最終的な目標ではない(もちろん、人によってそれが最終価値だという場合もないわけではないが)。

いずれにしても、すべては、各自が持っている時間という資産から生じるものだから、できるだけ無駄遣いしないように、若いうちはお金を貯めるか、能力を貯めるか、という選択になるだろう。将来自分にとってどんなものが「自由」なのかを知っていると、これらのプロセスで無駄のない人生になるけれど、なかなかそこまでは見極められないものだ。とりあえずは、いろいろチャレンジして、いろいろなものを見て、そしてなによりも自分をよく観察して、何をしたいのか、何ができるのか、と考えることが最終的に効いてくるように思われる。

少々小難しいことを書いてしまったけれど、もともとこの「時間の大切さ」がわかっている人には意味がないし、わからない人にも同じく意味がない。その人たちは、読んだ時間を無駄にしたことになるかもしれない。ただ、わかっていても、別の問題に気を取られて、最も大事な「自分の時間」を忘れている人たちがいるはず。「ああ、そういえば」と思い出してもらえたら、今回の文章が無駄にならない。いずれにしても、僕の時間は、原稿料に変換されるから、ご心配なく。

草を刈って、犬のシャンプーをした

ここ二カ月ほど、ゲラなどの確認作業もなく、小説の仕事を一切していない。このエッセィの執筆だけが例外だった。「もう作家ではないのだな」という気持ちになって、のびのびとできている。

庭園の樹木が茂って、ほぼ全域が木陰になり、少し涼しすぎる。室内は二十℃くらいだが、屋外はこれより低温。フリースやウィンドブレーカを着て庭仕事に勤(いそ)しむ毎日。主に

二十四時間僕と一緒にいるシェルティ、オス、五歳、体重は二十二キロ。彼の日常については、欠伸(あくび)軽便鉄道のブログやYouTubeをご覧下さい。

草刈り。その次は、枯枝を切ったりする樹木の管理。それから、芝生のメンテナンス。それらをしつつ、庭園鉄道を運転して庭を巡回し、線路の不具合を直したり、ポイント（分岐線路）の整備をしたりしている。

僕が担当している犬は、三週間に一度シャンプーする。バスルームでシャワを使って洗ってやるのだが、大人しくじっとしているので手間はかからない。ただ、解放されたあと家中を暴走し、床や壁に躰(からだ)を擦り付けるので、タオルを持って、できるかぎり防御する。最後はウッドデッキでブラッシングである。本人も気持ちが良いらしく、それほど嫌がらない。シェルティは毛をカットしないので、メンテナンスは楽だが、大量に毛が抜けるので、掃除機が各部屋に必要。

第35回 言葉は言葉どおりではない

知りたいから尋ねているだけなのに

何度か書いていることだが、僕はなにかを捜すことが多い。自分が認識している位置にそれがない場合、この不思議を解決するには見つけるしかない。同じ建物にもう一人、僕以外の人間が住んでいるから、対象物が消えた理由は、(僕が覚えていない以上)その人物が知っている確率が高い。だから、その人(奥様、あえて敬称)に、「〇〇を知らない?」と尋ねる。

僕の質問は、YesかNoかで目的を達する。Yesなら場所を質問すれば良いし、Noなら捜索をさらに続けるだけだ。無駄な捜索を続けなくても良い可能性があるから尋ねている。

ところが、彼女は「知らない」と答えると同時に立ち上がり、ふうっと溜息をついてから、どこかへ消えていく。何をしているのかというと、僕が捜しているものを彼女も捜し始めるのだ。だから、「あ、いいよ。すぐに必要なわけではないから」と彼女に謝る羽目になる。これは事実で、必要になるのは明日とか来週なのだ。それを今のうちに確かめようとしているのは、僕の「せっかちさ」に起因している。しかし、それが彼女には気に入らない。すぐに必要でないものを、何故人に尋ねるのか、という憤りらしい。

こういった経験を百回以上積んだのち、まず、「すぐに必要じゃないし、捜してほしいわけでもないけれど、もしかして、○○を知らない？」ときくようになった。

人に質問することは、その言葉以上の意味に拡大解釈される。「ただの質問です」とか「知りたいだけです」などと断らなければならないのだろうか？

これに似た状況は、普段の人間関係、仕事でも友人間でも、頻繁に観察できる。たとえば、誰かがミスをしたとき、「どうしてこんなミスが起きたの？」と質問すると、そのミスを責めているように受け取られる。こちらは「責任を取れ！」と叱っているのではない。ただ、ミスが起きた原因が知りたいだけなのに、相手は「すみません」と謝るばかりで、こちらの疑問に答えてくれない。だから問題を解決できない。わざわざ「あなたの責任を問うているのでなく、原因を知りたいだけです」と断らなければならない。「どうすれば、ミスを防げますか？」と質問しても、「今後は気をつけます」といわれる。気をつけているだけで防げるものなのか、それは少し違うだろう、といいたくなってしまう。

気持ちを察することが常識だとしても

お店で店員に対して「○○はありますか？」と質問したら、それは「私は○○を買いたい」という意味に取られる。日本語でも英語でも同じだ。もちろん、その商品があった場合には、値段を尋ねて、そのあと買うかどうかを伝えれば良いので、最初の質問だけで「私は買います」とまで宣言しているわけではない。

ところで、僕はこういった常識を知らない人間らしく、もし僕が店員だったら、客と喧嘩になるかもしれない。「○○はありますか？」ときかれたら、「あります」と笑顔で答えるだけで、自分は仕事をしたと認識するだろう。「えっと、どこにありますか？」と尋ねられたら、場所を教える。値段をきかれれば教える。買うといわれれば対処する。つまり、言葉を言葉の意味どおりに解釈し、余計な気遣いをしない人間なのだ。店員には向かないだろう。僕は、余計に気を回すことは「親切」だとは思わないのだ。

何故、「ありますか？」ときくだけで場所を教えたり、商品を出したり、値段を教えて、買うかどうかまで確認するのだろう。そこまで先回りして応じるのが「親切」なサービスなのだろうか。余計なことをしない方が、僕にとっては「気遣い」であり「親切」だと思えるし、僕自身はそのように行動している。

たとえば、今日は買わないけれど、この店ではその商品を扱っているのかどうかを知りたい、という理由で「○○はありますか？」と尋ねる場合だってあるはずだ。「ありますよ」と答えてくれたら、「どうもありがとう。後日買いにくるかもしれません」と礼を言って引き上げることになる。なにも問題はないのでは？

それとも、わざわざ「今日すぐに買うつもりではなく、ただ扱っているかどうかを知りたいだけなのですが……」と断らなければ、「ありますか？」と質問できないのだろうか？　それって、僕には「面倒くさいことだな」と思える。いかがだろうか？

たとえ、人の気持ちを察することが常識だとしても、そう考えるのが多数派だとしても、少なくとも、そうは考えない人間が存在することだけは、知っておいてもらいたい。

アドバイスをすると非難に受け取られる

なにかの問題を抱えている人から、相談にのってほしいとアプローチがあったとき、事情を聞いて、自分なりに考えたことを伝える。それは、一般的には「アドバイス」と呼ばれている。日本語では「助言」という。

問題を抱えている原因は、困っている本人の身近にある場合がほとんどで、まずは、それを指摘することになるだろう。ここを改めた方が良い、というように、問題点を指摘する。そこを直すことで解決するのでは、というアドバイスだ。

ところが、これを聞いた本人は、自分が責められていると感じる。たしかに、責めていないとはいえない。だが、問題解決のためには、問題の原因を把握することが大前提だから、その指摘は必要かつ有用なはず。しかし、とにかく感情的になって、「どうして、悪口をいわれなければならないのか？」と怒りだす。

つまり、助言を求めていたのに、反対に攻撃されたと感じるようだ。この種の人たちにとっては、助言とはすなわち「気を落とさないで」「頑張ってね」という応援だと認識されているのである。

それでは、問題解決にはならない。気を落とさず、頑張ることなど当たり前で、本人だって知っているはずだ。第三者が助言できるのは、本人が気づいていない点を指摘することであり、それを明確にすることで問題解決の可能性が高まる。

ところで、多くの場合、問題を抱えている人というのは、問題を解決しようとしていない、といっても良い。解決したいというよりは、問題を曖昧(あいまい)にしたいのだ。このため、問題を明確にすると腹を立ててしまう。

アドバイスをして、その人を助けようとしているのに、結果は反対になる、という経験を何度もした。僕が学んだことは、個人的なアドバイスには注意が必要であり、まずは本人が本当に問題を解決したいのかどうかを確かめた方が良い、という教訓だった。

相手を救うのか、相手に好かれるのか、のいずれを選択するか、という判断をまずしなければならない。嫌われる覚悟で助けるのか、嫌われたくないから放っておくのか、いずれかだ。

このように、世の中なにかと面倒なのである。言葉を言葉どおりに受け止めてくれるだけで、物事は簡単になり、誤解も減るのになあ、としばしば思う。

屋外活動で肉体労働が増えている

夏ですからね。といっても、当地では半袖でいられるほど高温にはならない。半袖で外に出ると、木の枝や棘(とげ)で知らないうちに傷ができる。滅多にいないが虫刺されなども心配。だから、長袖の作業着をきていることが多い。草刈りしたり、森林の樹木の管理を少しずつ行う。

庭園鉄道では、建設後八年になる木造橋を順次改築している。もう七割くらい工事が進んだ。毎日鉄道を運行しているから、少しずつ工事を進め、短時間で復旧するように進めている。といっても、工事をするのも、運行するのも、僕一人だから、誰に気兼ねをするわけでもない。

朝夕は犬を散歩に連れていく。いずれも二～四キロくらい歩く。天候には左右されな

毎日運行している欠伸（あくび）軽便鉄道。運転手も乗客も整備員も社長も一人で兼務。庭園内は深い森の中で、さまざまな鳥の声を聞きながら、まるで海の底を走っているような気分でゆっくりと走行。

い。もっとも、当地では昼間に雨が降ることはほぼない。もう十年くらい傘をさしたことがないのである（逆に、夏は毎晩小雨がしとしとと降る）。

第36回 期待どおりなんて、期待していない

テレビのレポータほど無駄なものはない

テレビを見ないのでよく知らないのだが、今も同じだろうか？

雨の中へ出ていって、「激しい雨が痛いほど打ちつけています」とわかりきったレポートをする。どうしてその場所まで出向いて、わざわざライブで中継しなければならないのか、まるで意味不明。正直、テレビで「中継」をする価値のある情報なんて、ほぼ存在しないと僕は確信している。天気なら、ライブカメラを方々に設置しておけば済む話だ。見たい場所は、人それぞれで違うのだから。

もっと馬鹿馬鹿しいのは、料理を紹介するとき、スタッフがわざわざ一口それを食べて感想を語るシーン。全然意味がわからない。何を期待して皆さんは見ているのだろうか？

食べた人は、料理の専門家でもない。たとえ専門家だったとしても、料理の美味しさは極めて個人的な感覚であり、言葉にして伝えられるものではない。もしそんなに美味しい

のなら完食してからコメントしてほしい。また、一度でも良いから、食べたあとに「まあ、こんなものですかね」「期待したほどではありません」くらいのコメントを聞きたい。その正直さを認められ、のちのち信頼を得られる可能性がある。

一言でいってしまえば、「大袈裟」なのだ。もっと大変で重要なものがあるはずなのに、大したことのない映像を見せる。雨や風の強さを伝えるならば数字を示すことが最も的確なはず。料理の美味しさについても、もう少し合理的な伝達手段を考えた方が良い。一個人の感想よりも、ＡＩに評価させる方が信頼できる。人間はあまりにお上手が多いし、空気を読みすぎるから、本当のところがわからない。

ニュース番組で、キャスタが画面に現れる必要はあるのか？　何故、ニュースの対象や場所の映像だけにしないのか。無関係で無駄なコンテンツを紛れ込ませているとしか思えない。

アナウンサだけではない。コメンテータなる人物がスタジオにいて、本当にどうでも良いような平凡なコメントを聞かされる。もう少し「逆らった」「意に反した」意見を述べる人がいても良いはず。それなら、まだ存在価値があるだろう。

街角で市民の声を拾う場合、賛成と反対の双方を取り上げるようになってきたのは、まあまあ好ましい。あとは、子供の声を聞くときにもそれをしてほしい。子供たちの、「楽しかったぁ」「美味しかったぁ」「可愛かったぁ」という一辺倒の声は、大人たちに付託しすぎで白けるし、子供らしくない。動物に触れ合う機会があったら、「臭かった」という声が出ないはずはない。「疲れた」や「ゲームの方が面白い」くらいはいってほしい。

うんうんと頷きたいだけの視聴者か

このようにテレビが全然新鮮味のない声を聞かせ続けるのは、そんな当たり障りのない、聞き飽きたような言葉を期待している人たちがテレビを見ているからだろう。そういうものに価値を見出している人がいるらしい。期待どおりのコメントを聞いて、「そうだそうだ」と頷きたい人たちが少なくないのだ。

そうでない人は、テレビからは既に離れていて、もっと新鮮で役に立つ情報を別のメディアに求めているはず。だから、テレビを見ている「大衆」というのは、既に本当の大衆ではない。その総数は、視聴率の数字を見ても明らかである。

しかし、日本人にはなにかと同調したがる傾向が昔からあったのも、たぶん事実だろう。むしろ、最近ではそれが薄れて、さまざまな声が聞かれるようになった。テレビに見られる「意外性なきコメント」は、昔ながらの風習が残っている、いわば「伝統芸能」と見るべきかもしれない。

悪いわけでは全然ない。みんなが同じ気持ちになることを日本人は好む。ばらばらよりも一様であることに価値を見出す。同調したい、気持ちを一つにしたい、そういう欲求がある。そうした方が良い場合も、たしかにある。たとえば、一致団結して力を合わせることが求められる場面では、その方が有利だろう。

欠点としては、気持ちを一つにできない人を、裏切り者のように扱う排他性である。かつては、飲み会に出ない人は上司から注意を受けた。個人主義の人物は集団から爪弾き(つまはじき)にされた。今では、そういったものはパワハラという犯罪になる。時代は、少しずつ良い方向へ変化している。

僕はもともと、同調しない人間だ。若いときからそうだったから、周囲と摩擦があった。ただ、個人で活動できる職業に就(つ)いたため、大きな問題にならなかっただけだ。これは幸運だった。ことあるごとに同調圧力に反発し、個人の自由を主張してきた。作家になっても、幾度もそれを書いた。ようやく最近になって、同じような考え方が広まってきた、と実感できる。

ただ、「同調したい」という欲求も、尊重している。そこを間違えないでほしい。反発しているのは、すべての人に当てはめようとする圧力に対してだ。個人の考え方は、ばらばらで良い。だから、コメンテータの発言に、うんうんと頷きたい人は、テレビを見て安心して下さい。その程度で安心できるのだから、素晴らしい(半分くらい皮肉かな)。

思い知らせてやりたい症候群

必要がないのに出てくるレポータとか、当たり前でつまらない発言しかしないコメンテータを、僕は馬鹿馬鹿しいと思うし、そういう習慣をやめれば良いのにと考える。でも、それを見たい人、聞きたい人がいるのは知っている。その人たちの存在まで否定しているのではない。

馬鹿馬鹿しいからなくせ、というのはやや問題がある。たとえば、芸術というのは、多くの場合、馬鹿馬鹿しいものだ。役に立たない。やめれば、いろいろ節約になるだろう。でも、それを楽しむ人たちがいる。音楽だって、ダンスだって、馬鹿馬鹿しいな、つまらないことをしているな、と感じる人がいる。でも、そういうものが存在することを否定することは正しくない。「好きな人はやれば」と微笑むのが正しい。

ただ、「芸術なんて馬鹿馬鹿しい」とか「ダンスなんてつまらないな」という意見の存在も、同じように否定してはいけない。発言も意見も自由だ。自分が嫌いなものは、嫌いだと発言すれば良い。「やめてほしい」と訴えても良い。そして、そういった意見に対して「楽しんでいる人がいるんだから黙ってろ」「みんなと同じように楽しめないなんて悲しくなる」と反論するのもまた悪くはない。この発言も自由だ。

だが、発言を集めて、自分たちは多数派だといわんばかりに、少数の個人の人格を攻撃するのは間違っている。だから、炎上しそうになったら、「まあまあ、こちらの意見が多そうだということはわかったから、これくらいでやめておきましょう」と両手を広げて、終了宣言する人がいれば、「わりと良い社会だな」くらいで終わるだろう。

徹底的に攻撃して、相手に辛(つら)い思いをさせてやろう、意見が間違っていることを思い知らせてやろう、と考えるとしたら、その考えが正しくない。それは、現代のネット社会の病理の一つだともいえる。この症状が出てしまうと、多数だった意見の正しささえも霞(かす)んでしまう結果となるだろう。

本来、意見には正しいも間違いもない。意見は個人のものであり、その人にとっては正しいけれど、誰にとっても正しいわけではない。正しさなんてものは、所詮(しょせん)その程度のものである。

短い夏もそろそろ終わり?

庭園内では、もう暑さのピークは過ぎた感じがする。暑さというのは、二十℃を超えるくらいのことで、最高でも二十五℃くらい。もちろんクーラなんてものはない。クルマに備わっているけれど、つけたことがない。最低気温は十五℃以下で、夜は掛け布団と毛布

第36回
期待どおりなんて、
期待していない

「ピカソ」と呼ばれている二十六号機。草刈りや芝刈りや枯枝拾いをしたあと、のんびりと庭園内を巡ると、またなにか仕事を思いつき、新しい作業を始めてしまう。秋の落葉掃除や冬の除雪作業の準備をそろそろ始めている。

を被って寝ている。各国の暑さがニュースで伝えられているけれど、どうもピンとこない。暑かったら外に出なければ良いのに、と思う程度。満員電車に乗って、コンクリートとアスファルトの道を歩く毎日は過酷だから、勤務時間を夜間にシフトする方が良いのではないか、などと心配する程度。せっかく、リモートで仕事ができるようになったのに何故？

第37回「気持ち」って何？

感覚、感情、意見、意思？

日本人の多くは、自分の気持ちをわかってもらいたい、と考えている。人の気持ちをわかることが、人間として大事なことであり、また、そこから思い遣りや優しさが生まれると信じているようだ。これらは、人々の発する言葉から観察されるところである。

さて、この「気持ち」というのは、何だろうか？

はっきりいって、僕にはよくわからない。ぼんやりと理解していることはあるが、その実体は不確定だ。たまに、その言葉を発する人に、直接質問してみて、説明を受けても、ぴんとこない。なにか、おそろしく一辺倒で、しかも間違いっぽい綺麗事の域を出ない。

たとえば、殺人などの事件があったとき、「動機をきちんと明らかにしてもらいたい」とおっしゃる方が多いようだ。たいていのコメンテータがそう発言する。警察も取り調べをして、これを明らかにしようとしているらしい。また、裁判でもいろいろ語られるが、結局はわからないままであることが多い。犯人の気持ちは、誰にもわからないもの。つまり、「理不尽」なものとされる。「理不尽」というのは、理屈が通らないこと、人道的な筋が通らないことだが、「かっとなった」という理由は、理屈として認めてもらえない。「身勝手だ」と非難される。犯人の「気持ち」は、言葉にしても、けっして認めてもらえない。

「あなたが好きです」と気持ちを打ち明けても、それで思いどおりの結果になるかどうかは、また別の問題だ。多くの場合、受け入れてもらえるかどうかは、「気持ち」ではなく、その人の人間性、信頼性、能力、外見、家柄などで判断される。「気持ちが伝わる」ということは、まずない。そういう現象は、僕が観察したかぎりでは存在しないといえる。

それ以前の問題として、はたして自分は自分の気持ちをわかっているのだろうか？

これは大きな問題である。どちらともいえない。自分が考えることは、自分という人間の統一意見とはかぎらない。いろいろ、あれこれ、さまざまに考える。それらは全部、「気持ち」にはちがいない。でも、その気持ちのうち、行動の動機となるものや、単なる想像でしかないもの、単に思いついて、すぐに消えていくもの、なにかに影響され反射的に出てくるもの、などがあって、それらを完全に理解し、説明することは不可能だろう。

「気持ちがわかる」とはどういう意味？

普通の会話で使われている「気持ち」は、多くの場合、「その立場にある本人の感情」という意味で解釈されている。それは、言葉にすることが難しい。ただ、悲しい、腹立たしい、不満だ、納得できない、などが一つか複数入り混じった状況である。

この感情をどう処理し、どのような行動に出るのかは、人によって違う。ただ、なにか「したい」ことがありそうで、そういった欲求も含めて、なんとなく他者に伝わるものである。伝わるのは、表情や、発せられる言葉からの推測、あるいはその立場、経緯、周囲の条件などを理解するからだ。

「気持ちはわかる」という発言は、その感情を理解し、自分もその境遇だったら、同じように感じるだろう、という想像から出るものだが、しかし、ほとんどの場合、相手が思っているものとは異なっている。なにしろ、感情や周辺環境が同一でも、個人によってどう反応するかはさまざまで、それこそ個性というもの。だから、同じように感じることも、まずない。それでも、少し寄り添って、わかろうとしている、という姿勢を示した言葉だ。

さらに、「気持ちはわかるけれど」というのは、相手の反応の妥当性を否定しない、という程度の意味で、その処理方法をもう一度検討してほしい、という訴えになる。

なんとなく、わかり合ったような気になっている人が多数だが、基本的に、寄り添っているのは、その場限りの態度か、あるいは適当な言葉でしかない。もう少しわかり合った態度を見せるなら、献金あるいは寄付などに頼るか、ボランティア活動に勤しむのか。

もちろん、長時間行動をともにし、話し合う機会が増えるほど、気持ちは通じやすい。でも、通じた気になっているだけかもしれないし、「わかり合えた」という錯覚が得られるだけかもしれない。

よくテレビドラマで、警察に取り押さえられた犯人が、「俺の気持ちがわかってたまるか！」と叫んだりするのだが、これに対して、刑事は何と答えれば良いのだろう？「甘ったれるな！」が順当なところであるが、まあ、もう少し冷静に「気持ちをわかってほしいなら、言葉を尽くして説明しなさい」くらいが理にかなっているだろう。それでも、実際には、たぶん説明されてもわからない。それが人間の「気持ち」というやつなのだ。

「気持ちが良い」ならわかる

「気持ち良い」や「気持ち悪い」は、比較的わかりやすい。何故かというと、これは自分の状態を自分で評価した表現だからである。自分の気持ちは、「良い」か「悪い」かならば明確にわかる。それくらいは、他者を観察していても、だいたいわかる。

でも、「気持ちがわかる」といった場合の気持ちは、良いか悪いかではない。もっと複雑で因果関係や履歴を伴うストーリィであり、理屈の解釈が必要なものだ。そこが一気に飛躍している部分といえ、あまりにも不透明なのに、何故か安易に「気持ち」をわかった気になろうとするのが、日本人の悪い癖かもしれない。わかり合えると信じているのは、同じ言葉を話し、同じ景色を見て育ったから、というわけではないはず。どうして、ここまで気持ちを信じて、「つながり合える」と勘違いしてしまったのか。このあたりが、現代の日本人が抱えている基本的なジレンマではないか、とまで考えられる。

さて、僕の場合は、このような難しいこととはほとんど無縁だ。人の気持ちをわかろうとしたりしない。自分の気持ちの整理だけで精一杯なのだから。

たとえば、気の合いそうな人が近所にいたとしても、おしゃべりをしようとか、お茶でも一緒にどうかとか、そういった時間を持とうとは思わない。何故なら、自分一人の時間を最優先しているからだ。毎日、やりたいことが沢山ありすぎて、人と話をするような暇はない。他者に関わるなら、本を読めば良い。それが最も効率が高いし、優れた才能を理解する機会にも巡り合える。

一人でいるときが一番面白い

自分一人で何をしているかって？

今日は、除雪機のエンジンを分解して、キャブレタの掃除をしていた。エンジンもいろいろなタイプがある。僕は除雪機を全部で五台持っていて、冬にどれもが活躍できるように、夏の間にメンテナンスをしている。エンジンの中でも、キャブレタは繊細な装置で、すぐに具合が悪くなるから、綺麗に掃除をして、詰まりがないかを確かめる。

今年も新しいエンジンを中古で手に入れ、それを分解し、オイルで手を真っ黒にして作業に没頭した。これは何のためだろう?

もちろん、自分の気持ちをわかりたいからだ。自分の気持ちを知ることは、自分との対話であり、また孤独を感じることでもある。これがとても面白くて楽しい。生きている喜びの大半が、このような時間にあると感じている。

言葉によるコミュニケーションではない。もっと感覚的なものだ。「気持ち」というのは、そういう存在だろう。たぶん、存在しているとは思う。そんな気がする。

というような理屈をつべこべ述べてみたところで、誰にも理解されないし、誰かに理解してもらいたいとも思っていない。

キャブレタの掃除をきちんと終えて、エンジンに取り付け、始動してみると、気持ち良く噴き上がる(エンジンがかかって、回転が上がること)。このとき、「孤独って良いなあ」と感じるし、幸せというものがあるような気もする。エンジンも気持ちが良いだろうな、と想像できる。

犬だって笑っている。機械も笑っている。それを見ている人間が、楽しいからそう見えるのである。

午後のウッドデッキで。
手前が、かつて「大きい
けれど赤ちゃん」だった
シェルティ。奥はその兄
貴分で我儘(わがまま)なシェルティ。
そして、あえて敬称の人。
真夏でも、暑くはならな
いし、もちろんクーラは
ない。

第38回　簡単な方法に縋って失敗する

簡単な方法ほど効果がない

なにかの問題を抱えているとき、どうすれば解決するのか、と悩ましい。いろいろな解決方法があるなかで、まず選ばれるのは比較的簡単な方法である。何故なら、簡単にできそうだから、すぐに実行しやすい、とりあえずこれを試してみようという気になる、効果のほどはあまり考えず、労力をかけないで解決できればラッキィだ、くらいの気持ちで選択される。

しかし、そんな簡単にはいかないのが世の中の常。ほとんどは、効果がないことがわかり、やっぱり駄目か、という結果になる。

問題を解決する方法について語っているもののタイトルを眺めてみると、「たったこれだけで……」「一日五分で……」「○○するための五つの方法」などのように手法の簡単さ、手数の少なさをアピールしている。「これだけのことで、あなたの悩みは解決しますよ」というものである。

また、成功した人の言葉として、至言、格言の類がたびたび引用されるけれど、まるでそのことだけに注意していれば成功まちがいなし、といったイメージを聞く者に抱かせる。大事なことにはちがいないが、しかし、それだけですべての問題が解決するわけではない。成功するためには、数々の判断と努力が必要であり、少数の法則に還元されるような単純な手法によって一発逆転となる確率は低い。そういったドラマティックな展開は、ノンフィクションに限られるだろう。

ここから導かれる教訓は、難しい手法ほど成功確率が高い、ということである。あるいは、複数の複雑な手法を組み合わせることでしか問題は解決しない、ともいえる。

決定的な解決方法ではないとうすうすわかっているのに、簡単な方法に手を出してしまうのは何故なのか？　それは、解決しないにしても、解決に向けて自分は手を打った、という実感が得られるからだ。つまり、努力を評価してほしい、という気持ちである。

「方法」があると信じてしまう

「できることから始めよう」というスローガンは多い。しかし、当たり前だ。できることしかできない。できないことは始められないからだ。しかし、できないことをできるようにしよう、という努力をすべきである。今はできなくても、それができるようになるための行動がある。そういった行動を伴うものは簡単ではない。時間と労力がかかるし、費用も必要だろう。しかし、その方法が最も問題解決に近づける確実な道である場合が少なくない。多くの人は、その道を避けているから、ますます悩ましい状況に陥る。

簡単な方法への逃避というのは、人に見られている場合でも、また誰にも見られていない自分一人の場合でも、ほぼ同様に観察できるだろう。他者や自分をひとまず安心させるための「言い訳的行為」とも取れる。「ほら、怠けているわけではない。ちゃんと対処しています」との姿勢を示す行為である。

たとえば、問題が発覚したときの「謝罪」なるものも、これに類する。頭を下げ、反省している、申し訳ない、とお詫びの言葉を述べても、もちろん問題は解決しない。ただ、解決したいという姿勢を示すだけだ。ただ、謝罪することが、その時点で本人にとっては最も簡単な方法だというだけである。

僕は、「謝罪なんかする暇があったら早く手を打て」と考える人間だから、世間一般に見られる「謝罪会見」を馬鹿馬鹿しいイベントだと認識している。どうして、あんなものを要求するのだろう、と不思議でならない。しかも、問題に無関係な人やマスコミが要求しているのには、大いなる歪みを感じる。

人間は、他者の知恵を吸収し、自分のために活かすことができる。その最たるものが、

「方法」を求める姿勢だろう。とにかく、なにかというと「方法を教えて下さい」と繰り返す。書店でその手のハウツー本を探したり、ネット検索でも解決法を調べる。

もちろん、方法が確立しているものはある。多くの場合、技術的なノウハウであり、なんらかの道具や材料を用いるもので、その方法であっさりと解決する。それは、既に解決済みの問題だからだ。しかし、人々が悩むような人間関係や、個人の能力、あるいは人生に関わる問題には適用できない。条件が違いすぎて、参考にさえならないものも多い。「どうすれば良いでしょうか？」と問い続ける人たちは、方法を探しているし、解決する方法があると信じているのだが、残念ながら、方法は存在しない。まず、それを認識することが問題解決の第一歩である。

その問題に至った履歴を丁寧に辿り、自分で考え、自分を修正し、自分の力と時間を費やして、なんとか自分の未来を築き直すしかない。それは簡単ではないし、誰も知らない方法によって実現するだろう。問題が解決したら、そこで初めて、その人の方法が生まれるのである。

したがって、既存の方法に安易に飛びつかないこと。ある人物一人の指摘を鵜呑みにしないこと。できるだけ多くの意見を受け入れ、よく考えること。悩む時間を惜しまないこと。回り道を少しずつ進むこと。一つの方法に拘らず、そのときどきで最適のものを考えること。そうすることで、自然に問題は薄れていく。ゆっくりと、自由や幸せに近づくことができるだろう。

簡単にできることへの逃避

正しい道があるとわかっていても、その道はなにかと歩きにくい。実は歩きだしさえすれば大したことはないのに、歩くまえから気が引けてしまう。そして、手近にあるヴァーチャルの道へ逃避することになる。

たとえば、酔っ払うことで一瞬気持ちが良くなるし、ギャンブルをすればお金持ちの夢が一瞬見られる。それらは、「一瞬その気になれる」だけのヴァーチャルであり、実際に道を進んでいるわけではない。他人のことを非難して、一瞬だけ優越感に浸(ひた)る。借金をして高い買い物をして、一瞬だけ自慢ができる。それは、自分の人生を充実したものにする道を一瞬夢見させてくれるヴァーチャルだ。

簡単に手が出せるように、それらは身近なところにあって、あなたを甘い言葉で誘うだろう。こちらから近づかなくても、むこうから笑顔で手を差し伸べてくる。

いけないとわかっていても、なにか小さな理由を無理に見つけて、人は逃避する。良い面があるのだ、気持ちが良ければそれで良いではないか、一発逆転が可能かもしれない、自分の人生なのだから楽しまないなんて馬鹿だ、と理由をでっち上げる。

第38回
簡単な方法に
縋って
失敗する

書斎の窓から見える庭園。
蔓薔薇(つるばら)のアーケードには
今はグースベリィの実と、
勲章の形のクレマチス。
小さな建物は鉄道の駅舎。
朝なので霧が立ち込めて
いる。

しかし、そういった道に足を踏み入れるほど、本当の楽しさから遠ざかっていくし、復帰が難しくなる。それは借金のように高い利子が積み重なる仕組みになっている。

実のところ、少しずつ誠実に歩む道は、だいたい目の前にある。歩みにくそうに見えているけれど、歩けないわけではない。そこへ一歩、一歩、足を前に出して、ゆっくりと進むだけだ。それほど難しいものではない。

面倒なことがあるほど楽しめる

庭園鉄道の線路配置を若干変更し、簡単に逆方向へ走ることができるようになった。いつもと逆方向の風景が目新しいし、勾配（こうばい）を上っていたところでは下りになるから、運転のし甲斐（がい）もあって楽しい。しかし、信号機がすべて逆向きなのが気になり始めた。

そこで、逆方向の信号機も作ろうと決心。全部で十四基あるので、新たに同じだけの数を製作しなければならないし、制御の回路も考える必要がある。とんでもなく面倒な作業になって、一年はかかりそうだ。でも、こつこつとまた作るしかない。毎日どんな回路にしようか、と考えるばかり。しばらくは楽しめそうだ。

簡単で気楽で、のんびりできる自由も良いけれど、難しくて面倒で、いらいらしながら考える時間も楽しい。どちらかに偏っているのではなく、両方があった方が良い。だいたい、どんなものでもこれがいえるだろう。そればかりになったら良いのに、と願っていることでも、実はそれだけでは面白くないものだ。ようは、両者のバランスなのかも。

第39回　そんなことできるわけない症候群

「できる方法」しか聞き入れない

「どうしたら、そんなふうにできますか?」と質問される。正直に、「こうすれば良いと思います」と答えると、「それは私には無理です」「そんなことできません」と首をふられてしまう。方法を知りたかったのではないのか、と肩を竦めるしかない。まあ、ありがちな傾向ではある。

これは当たり前というか、しかたのない話といえば、そのとおり。一流のピアニストに、ピアノなんて触ったこともない人が「どうすれば、上手に弾けますか?」と尋ねたら、ピアニストは、「楽譜のとおりに指を動かして鍵盤を叩くだけです」と答える。たしかに、その「方法」は正しい。しかし、誰にもできるものではない。真似ができない方法である。工芸品を作っている名人に尋ねる。「そんな細かい作業を続けられるのはどうしてですか?」と。名人は真面目に答えるだろう。「最初は失敗しますが、何十年も続けているうちに、失敗しないようになりますよ」と。でも、質問者はそもそもそんな作業をするつもりはないし、何十年も続くはずがないことを確信しているだろう。

このように、方法を尋ねているようで、実は方法を知りたいわけではない場合が多い。ただ会話がしたいというだけで質問しているのだろう。ネットでも、このような意味のない問いかけが散見される。個人もそうだし、記事を書く人たちも、マスコミも、新聞も、本気で疑問を投げかけているのではなく、ただ、話題を提供している程度の意味しかない「問い」でいっぱいだ。多くの場合、その問いに対する答は自明であり、当たり前すぎる解決方法しかないのだが、何故かそれは「普通の人にはできない」あるいは「今の日本では無理なことだ」と考えられているから、本人たちには「難しい問題」になっているのである。

少なくとも問題となるような事象は、解決するための方法に対して、なんらかの副作用が見込まれている。つまり、解決しようとすると、別の問題が発生する。そちらを犠牲にしないかぎり解決しない。そして、多くの場合、その別の問題とは、単に「これまでと違うことは嫌だ」すなわち「なにもせず、今のままで良い」との声に支持されている。ようするに、「問題を解決するな」という勢力が強い。解決を望んでいないからこそ、「そんなことできるか!」と反発する。社会問題に限らない、個人の問題であっても変革が難しいのは、個人の中に「今までどおり」を訴える声があるためである。

「変わるのは嫌だ」という固さ

「頑固頭」という表現がある。ときには「石頭」とも呼ばれる。多くは老人に対して、若者が発することが多い言葉だ。一般的に、歳を取るほど頭が固くなる傾向にあるのは、これまでの人生を自分として納得したい、満足したいという願望による。自分が生きてきた時間を正当化したい、という自己顕示(けんじ)の精神活動によって、「変えたくない」との判断に傾くのである。これは、しかたがない。誰にもあるものだ。しかし、その傾向を自覚していれば、理性によって修正ができる。つまり、「変わろう」という方向へ少し重心を移して生きれば良い。そうすることで、少なくとも精神的には若返ることができるだろう。

べつに、若返る必要などない。これは言葉として「若返る」という表現を選んだだけで、その実態は、つまり「楽しめる」と同じである。いくつになっても、「変わろう」としていれば楽しい。これは、「好奇心」とも表現できる。

自分の能力を見切ること、つまり自分の将来を諦(あきら)めることが大人だ、という感覚があるのかもしれない。子供の頃や若い頃には夢があった、などと話す。そういう感覚を持っている人は、子供のときは良かった、若い頃に戻りたい、ときっと思っているのだろう。

僕は、そうは考えないし、そんなふうに思ったこともない。過去のどの時期よりも、今が一番楽しいし、子供の時代に戻りたいなんて思わない。せっかくここまで頑張ってきたのに、どうして過去に戻りたいのだろう。それはつまり、ここまで頑張ってこなかったからだ。なにかを後悔し、やり直したいと考えているらしい。だったら、今すぐにやり直せば良いのに、何故か「もう遅い」と腰を上げようとしない。不思議な人たちである。

歳を取ってから「変わりたくない」と考えている人は、おそらく若いときから、ずっと「変わりたくない」を貫いてきたのである。歳を取ったせいにしているが、そもそもそういう人生だった。そして、「あのときこうしていれば」と過去ばかりを振り返り、後悔し続けている。未来に向かって計画を立てたり、そのために準備をしたり、勉強したり、努力をするよりは、「今のままで良い」とずっと思い続けていた。したがって、その夢は叶(かな)った。自分が思ったとおりになっている。これからも、そのままだろう。

「自分はこういうものだ」との思い込み

変化を嫌う人は、「自分はこういうものなのだ」という方針を前面に出してくる。そう思い込んでいる。「私はずっとこうだった」「これが俺のやり方だ」という理由で頑(かたく)なさを維持しようとする。一度そう思い込んだら、それこそ一生そのままで良い、と信じている。これは別の言葉にすると、「妥協」あるいは「諦め」である。

人によっては、その思い込みのことを、「大人になる」とも表現する。逆に、いつまでも迷っている人、いつまでも夢を追い続けている人を、「大人になれ」と揶揄する。そうやって自分たちのグループに引き入れ、仲間を増やしたいという心理だろう。

なにかに一所懸命打ち込んでいる人に向かって、「そんな無駄なことは放っておいて、こちらへ来て一緒に飲もうぜ」と誘っているわけだが、おそらく、無意識にも、夢を諦めていない人が羨ましくて、脱落者が多ければ安心だ、との気持ちがあるのだろう。自分にはそれくらいしか利がないのに、どういうわけか、執拗に堕落へと誘うのである。

けっして悪くはない。そういう人は多い。多いことで、主流だと思い込み、自分たちが正しいと勘違いする、勘違いしたい。悪くはないけれど、結局は「弱い」精神だということ。弱い精神も悪くはないし、普通に生きていける。ただ、威張れるようなことではないので誤解しないように。

ようするに、頑固であることは、精神的に弱いといえる。大人しくしてくれれば良いのだが、こういう人が仕事で上の立場にいたりすると厄介だ。新しいものに反対するし、自分のやり方を威張る。威張ることで、自分が正しいと思い込むから、ますます危ない。周囲の人は、巻き添えになりたくないから離れていくしかない。

さて、若い頃から、このような頑なさは育ち始めている。だから、若いうちに、自分が頑固にならないように気をつけておこう。自分はこんな人間だ、と思い込まない。今の状

庭園内は森林に近い。高さ三十メートルほどの大木が何百本もある。枝葉が空を覆(おお)うため、日差しは地面に届かない。それでも、ほんの少しの木漏れ日で草花が育ち、人間を楽しませてくれる。しかし、自分を楽しませているのは自然ではなく、自分である。

況に満足して落ち着きたい気持ちはわかるけれど、いつも新しいものに目を向け、自分の考え方を疑い、問題点を探そう。

ただし、周囲に反発しなければならない、と焦(あせ)らないこと。自分は、まだまだこれからだ、将来を見据えてじっくりと考えていこう、と大きく構えていればよろしい。誰かに理解してもらう必要はない。常に、自分を理解し、自分を認めることが一番大事だと思う。

短い夏の次は、重労働の秋

これを書いているのはまだ八月中旬。しかし、もうずいぶん涼しくなった。庭園内には落葉が始まっている。もちろん、黄葉(こうよう)するのはもう少しさきのことだが、緑が茂るピークが過ぎていることは確か。なにごとも、潮時に早く気づくことが、良い判断の基本となる。さきを見越して、準備をしておこう。

数は少ないものの、庭の一角に薔薇(ばら)がある。今年は花が多く、しかも立派だった。緑の庭園に赤い薔薇が咲いている光景を見て、ふとなにかに似ているな、と思ったのだが、それは二十四歳のとき就職して給料をもらうようになり、ローンを組んで購入したカシニョールの絵だった。今も、それは我が家の玄関ホールの正面に飾ってある。その絵と同じ風景が、リビングから望む庭園の正面に見える。不思議な一致といえるが、自然であっても、手入れをしているうちに、少しずつ自分のイメージに近づくのかもしれない。大事なことは、自分が望むシチュエーションをいつもイメージすることだろう。

第40回

理想の死に方

死に方は選べないという問題

自由に好きな死に方を選べたら、人生を締めくくるのに素晴らしい状況といえるだろう、とは考える。しかし、そういう死に方は今はできないことになっている。法律で決まっているらしい。もちろん、自殺をするのは勝手なのだが、それほど簡単ではないし、綺麗でもないし、だいいち誰かに迷惑がかかる。人知れず、密林の中に分け入って行方不明になれば良いけれど、けっこう面倒だし、苦しい思いをしなければならないと想像できる。

生活に行き詰まっている人が自殺をするのが一般的で、幸せの絶頂にある人は死んだりしない、と普通は考えられている。しかし、僕はそうは考えない。幸せの絶頂で死ねたら、これこそ本当に幸せな死に方といえるのではないか。不幸のどん底で死ぬのは単なる逃避行為でしかない。切羽(せっぱ)詰まった状況なのだから、ゆっくりと方法を選んだり、丁寧な準備もできないだろう。

こんなことを書くと、今にも自殺しそうな人間に見られるかもしれない。だいたい若い頃から、「森は自殺しそうだ」とよくいわれた。そう見られてもべつにかまわないけれど、もちろん、そうではない。自殺しようなんて真剣に考えたことは一度もない。

だいいち、今僕は幸せの絶頂にいるわけではない。そこそこ幸せに生きているものの、もっと幸せになりたいと日々暗躍している最中だ。やりたいことが数々あって、それぞれに計画を立てて進めている。自殺なんかしたらもったいない。せっかく健康なのだし、自由な時間もあるのだから、死ぬことはないだろう。

ただ、いつ死が訪れるのかは誰にもわからない。だから、覚悟はしているつもりだ。覚悟といっても、想定しているわけではなく、そうなったときはそのときだ、という程度のこと。なにしろ、想定したところで、死んだらその後はなにもないのだから、死後のことはどうだって良い。はい、さようなら、でけっこうだと思う。

家族に迷惑がかかるから、もちろん相応の財産は残しておく。それだけ。葬式とかお墓とかには興味はないし、僕の持ち物（膨大な量のおもちゃ）がどうなっても良い。なにも希望はないし、願いもない。無理に願いごとを考えると、「僕のことは早く忘れてね」くらいかな……。ようするに、人間の死なんてものは、その程度のものだ。

理想的な死に方とは

苦しみたくない、という希望は誰にもあるだろう。あっさり死ねたら良い。場所はどこでも良くて、散歩の途中でぱったり倒れて、野垂(のた)れ死ぬのが最高だろう。犬を連れていたら、犬は勝手に家に帰るかもしれない。迷子にならないと良いな、と心配はそれくらいだ。野垂れ死には、理想的だと思う。動物はみんな野垂れ死にするのだ。

家族に囲まれて死にたい、なんてことは全然思わない。世間では「死に目に会う」ことがけっこう重要視されているけれど、僕には意味がわからない。どうして最期に立ち会いたいのだろう？　どういった価値があるのだろう？

多くの場合、臨終といえば、もう話すこともできない状況だ。もし、最後のコミュニケーションが大事だというならば、もう少し早い時期に意思を伝達した方が良い。遺言などは、死ぬ側からのメッセージだが、見送る側からのメッセージも、生きているうちに、できれば元気なうちに伝えておこう。それが筋というもの。単に人間が息を引き取る瞬間を見たいというだけのことで家族が集まるのは、意味不明だ。僕が死ぬ側だとしたら、「無駄なことはやめてくれ」といいたくなる。

猫を飼っている家は、昔は自由に出入りできるように猫用の出入口を設けていた。例外はあると思うけれど、雄猫は家から出ていって帰ってこなくなることが多い。特に歳を取った雄猫は、どこかで人知れず最期を迎えるらしい。僕は、このような死に方が理想的だと感じるけれど、しかし、あいにく猫ではないから、同じ行動は無理がある。それに、死に際になってそんな元気が残っているかどうかも怪しい。人様に迷惑をかける結果を招く可能性が高いだろう。

となると、どこかでぽったり、突然具合が悪くなって倒れる、というのを待つしかない。そのとき、できれば近くに誰もいなくて、意識が遠のき、そのまま死ねたら最高だ。だが、運悪く誰かに見つかって、救急車に乗せられたら、あとはもう運を天に任せるしかない。「治療しないで下さい」「延命措置は無用です」と書いた名札でも付けておくか、などと考えているけれど、それを付け忘れたときにかぎって最期が訪れるような気もする。そそっかしい人間には、野垂れ死には難しい。しかし、それこそ神様に願いが通じて、運良くそんな死に方ができたら最高だ。

まあ、簡単にいえば、思い残すことが僕には何一つない、ということである。

死を語ることを忌み嫌う文化

日本人は特に、死に関して話したがらない。話すだけで縁起が悪いと感じる文化がある。どんなドラマでも人は死ぬし、身近でもつぎつぎと人は亡くなっている。自然であり、当たり前のことだ。それなのに、少々大袈裟に取り上げすぎる。大勢が嘆き悲しまなければならない、という社会的圧力がかかっている様子も窺える。

年寄りが死んでも、「信じられない」などと驚く振りをする。犯罪に巻き込まれたり、事故に遭ったのならいざしらず、普通に病気で死んだのなら、予想ができなかったはずはない。もし本当に予想外だったなら、それくらい予想しておきなさい、といいたくなるほどだ。

身近な人の死を想定し、もちろん、自分が死ぬことも常に頭の片隅に入れておこう。たとえば、どこかへ出かけるときには、「なにかあって、もう家には戻れないかもしれないな」くらいのことは考えた方が良い。

愛する人であっても、子供であっても、死なないと信じているのは不自然だ。そういう可能性があることをまず認めてこそ、毎日がかけがえのない時間だということが理解できるはず。

目を背け、わざと考えないようにするなんて、どうにも理解し難い習慣である。それはまるで、戦場へ兵隊を送り出すときにも似た、ある種の洗脳ではないか、とも疑ってしまう。

そうではなく、普段の生活で、ちょっとしたときに少し真面目に、自分の死や家族の死

窓の外を見るのが大好きなので、一日中ここにいる。少しでも遠くを見ようとして立ち上がる。少し遠くを見るために、背伸びをする人は、まだ若い。

について話し合っておく方が健全だ、と僕は考える。非常識でも、大それたことでもない。半分冗談でも良い。笑顔で語ることができるはずの話題である。今も、僕はそのつもりで、ごく普通に、ちょっとしたエッセィのネタとして、これを書いている。

人生の最初は誕生。そして、最後は死だ。大事なことだから、よく考えておく方が良いにきまっている。考えて、覚悟しておけば、慌てずに、落ち着いて死を迎えられるだろう。大袈裟なことではない。水の中で泡は生まれ、水面まで上昇すると、最初よりも大きくなっている。そして、ふっと消える。水面は少しも乱れない。そんなふうに死にたい。

虚しさと楽しさを同時に味わおう

今、犬と森の中を散歩してきた。真っ直ぐの道を進むと、あるところで、犬が「もう帰ろう」という。そこで引き返してくる。同じ場所で引き返すわけではない。犬は自分の体調によって、元気なときは少し遠くへ、具合が悪いときは早めに引き返す。こういうことができるくらい賢い。人間も見習いたいものだ。

自分がどれほどのものか、とわからないまま生きているのが人間である。人生の可能性は無限大だ、などと子供のときは信じ込まされているし、周りの大人たちはそう子供を煽てる。だが、無限大ではない。有限であり、しかも、とてもちっぽけな存在だ。

死を覚悟する話を書いたが、その覚悟をしつつも、僕は毎日ちまちまと工作を続けている。やりかけのもののうち幾つかは、死ぬまでに完成しないかもしれない。たとえ完成しても大したものではない。やるだけ無駄じゃないか、と思っても不思議ではないけれど、それでも楽しいからやっている。生きることは虚(むな)しい。しかし、楽しい。もしかしたら、虚しいから楽しいのかもしれない。この理屈は、まだわからない。

カバー写真　著者
校正　皆川秀
ブックデザイン　鈴木成一デザイン室

森博嗣　もり・ひろし

1957年愛知県生まれ。工学博士。某国立大学工学部建築学科で研究をするかたわら、1996年に『すべてがFになる』で第1回「メフィスト賞」を受賞し、衝撃の作家デビュー。怜悧で知的な作風で人気を博する。「S&Mシリーズ」「Vシリーズ」（ともに講談社文庫）などのミステリィのほか、「Wシリーズ」（講談社タイガ）や『スカイ・クロラ』（中公文庫）などのSF作品、また『The cream of the notes』シリーズ（講談社文庫）、『小説家という職業』（集英社新書）、『科学的とはどういう意味か』（新潮新書）、『孤独の価値』（幻冬舎新書）、『道なき未知』（小社刊）などのエッセィを多数刊行している。

静(しず)かに生(い)きて考(かんが)える Thinking in Calm Life

二〇二四年一月二〇日　初版第一刷発行
二〇二四年二月二〇日　初版第二刷発行

著者　森博嗣(もりひろし)
発行者　鈴木康成
発行所　ＫＫベストセラーズ
〒一一二-〇〇一三 東京都文京区音羽一-一五-一五 シティ音羽二階
電話 〇三-六三〇四-一八三二（編集）
〇三-六三〇四-一六〇三（営業）
https://www.bestsellers.co.jp
印刷製本　錦明印刷
ＤＴＰ　オノ・エーワン

 ISBN978-4-584-13994-3 C0095